永田町のシンデレラ
西川三郎
Nishikawa Saburo
幻冬舎

永田町の
シンデレラ

装幀……welle design
写真……Adobe stock

目次

プロローグ

午前二時。松嶋玲子はいつものようにツインベッドから起き上がると、隣のベッドで熟睡している夫の圭の寝顔を見てから寝室を離れた。

キッチンの電気をつけ、冷蔵庫からペットボトルを取り出し、冷えたミネラルウォーターをゆっくりと飲む。意識がはっきりし、体中が生き返る。

洗面所で歯磨きと洗顔を済ませ、録画しておいた東西テレビの前夜の経済ニュースを早送りでチェックしながら、身支度を整える。

午前三時、お台場に建つタワーマンションの車寄せに待機している迎えのタクシーのそばに行く。

「おはようございます。よろしくお願いします」

運転手に挨拶をし、後部座席に座ると車は発進した。首都高速に入り六本木の東西テレビ本社に向かう。局に着くと「モーニングエコノミー」のスタッフたちがすでに出勤していた。

「おはようございます」

まずディレクターに挨拶する。早朝とはいえ社内は気ぜわしい。

すぐに今朝のニュースの内容を確認し、スタッフとの打ち合わせに入る。

四時半、メイクルームで台本に目を通しながらヘアメイクをしてもらい、衣装に着替える。

それからスタジオに入り、カメラテストや特集コーナーの演出など簡単なリハーサルをする。本番直前になると緊張感が一気に高まる。キャスターとしての玲子の一日の始まりだった。

スタジオのモニターに表示されるニューヨーク市場のダウ平均株価は一万二千ドル前後、為替は一ドル八十円弱、日経平均株価は九千円弱で推移している。

日本経済はリーマンショックの傷も癒えないまま、昨年発生した東日本大震災のダメージから立ち直ってはいなかった。

「本番、十秒前」の声がかかる。

スタッフが無言で右手の指を三、二、一と表示する。

五時四十五分、さわやかなテーマ曲が流れ、メインキャスターの玲子が番組の始まりを告げる。

「おはようございます。八月十日金曜日、モーニングエコノミーです」

画面にニューヨーク株式のダウとナスダックおよびＳ＆Ｐ５００の数値が表示され、玲子が読み上げる。続いて為替ならびに日経平均株価予測、さらにアシスタントキャスターの女性が他の経済指標を伝える。

この日のゲストは、大学教授の高梨博と証券会社のアナリスト中沢雄一郎だった。玲子がふたりを紹介し、やりとりが始まる。

「株価の低迷と円高の進行。現政権のままでは日本経済の展望はこの先も期待できません」

画面に映し出された数字をもとに、アナリストの中沢が年末までの株価と為替を予測する。

「総選挙があるのではないかとの憶測はいかがでしょうか？」

玲子が質問する。

「立国党の与田総理が解散総選挙を決断し、もし民自党が政権に返り咲いた場合には、年末の日経平均株価は一万円を突破し、為替は百円程度の円安にふれる可能性はあるかもしれません」

中沢が大胆な予測をする。

「財政再建の一環としての消費増税の件もありますし、その実現のために信を問うという見方はあるかもしれませんね」

大学教授の高梨がフォローした。

「低迷する日本経済について、見解を伺わせてください」

玲子が高梨に問いかける。

「リーマンショックに追い打ちをかけた昨年の東日本大震災。それに反比例するような円高。株価が低迷する中、依然日本経済のファンダメンタルズは脆弱であり、輸出はふるわず、従って工場の海外移転は加速するばかりです。中小企業は悲鳴をあげており、雇用もままならず、経済指標はどこをみても暗い。政府が大胆な改革でも打ち出さないかぎり、このままでは日本経済の未来に希望はもてません」

スタジオのモニターに指標のグラフを表示しながら、高梨が解説する。

「高梨さん、中沢さん、本日は朝早くからありがとうございました」

コマーシャルを挟んで番組は特集コーナーにかわり、男性キャスターがレポートする。

七時に番組は終了した。

「お疲れ様」と番組スタッフに声をかけ、軽く反省会をしたあと、八時に番組仲間と社員食堂に行き、朝食を摂る。

普段は十二時に退社することが多いが、その日は午後三時に翌週放送予定の若きベンチャー経営者・井山哲也のインタビュー録画が予定されていた。

アナウンス室の自分のデスクで井山の経歴と会社概要に目を通す。東南アジア人とのオンライン英会話教室を仲介するという事業だった。

スタッフと簡単な打ち合わせをして、カメラマンと一緒に井山の会社に向かった。

「日本人は日本語しか話せない。これではいずれ世界の孤児になりますよ。東南アジアでは英語が公用語の国もあります」

日本では駅前の英会話教室が盛んだが、ネイティブの教師はまだまだ少ないらしい。

「そこでフィリピンに着目されたわけですね。一千万人の日本人が英語を話せるようにすると掲げておられますが、すごい計画ですね」

玲子は感心しながら、質問を投げた。

「語学力で負けることは、国家的損失ですよ。物価が高い日本に、わざわざアジア人は来てくれません。そこでスカイプを使って二十四時間いつでもレッスンできるようにする。会員も飛躍的に増えています」

三十過ぎの若い起業家は、自慢げに熱弁した。

インタビューを終えて局に戻ると、夕方五時を過ぎていた。

六時に麻布のレストランで会食の予定が入っている。相手は民自党の大谷英介幹事長だ。

先日、突然秘書から連絡があったのだが、まさか現職の幹事長の誘いを断ることなどできない。

大谷には民自党政権時代にインタビューしたことがある。その後、彼が財務大臣に就任したときは番組にも出てもらったが、その程度の関係だった。

東西テレビを出た玲子は、真夏の刺すような西日をビルが作る影でよけながら歩き、六本木駅で都営大江戸線に乗ると、麻布十番駅で下車した。指定されたイタリアンレストランまで徒歩十分。ミシュランの一つ星がついた、瀟洒《しょうしゃ》なつくりの店だ。

「いらっしゃいませ」

幹事長の大谷の名前を告げると、個室に通された。

「やー、待たせてすまん」

十分遅れで、左右のつばが巻き上がった黒の中折れ帽をかぶったスーツ姿の大谷が現れた。右手を掲げ謝るしぐさをしてから、席につく。

「本日は、お招きいただきありがとうございます」

ベージュのワンピースに白いジャケット姿の玲子が頭をさげる。

「ビールかね。それともワイン？」

「生ビールをいただきます」

玲子の喉はからからだった。

「美女との再会に乾杯！」

大谷は笑顔を作ったが、肝心の目が笑っていない。老練政治家ならではの、腹にいちもつある表情である。

「早速だが、急を要する話だ。東京選挙区の衆院議員にだな、詳しくは言えんのだが、重篤な病が発覚した。それで、俺が貴女の夢をみたって話だ」

ユーモアのつもりなのだろうか。そんな都合のよい夢があるものか。

「ちなみに、何区のお話でしょうか？」

運ばれてきた真鯛のカルパッチョを口に運びながら玲子が訊く。

「対立候補は、立国党の現職の大臣だ。長年、うちの候補かどちらかが選出される選挙区だ」

「それでは仮に立候補したとしても、絶対に勝てません。私を推していただく理由をお聞きしてもよろしいでしょうか」

選挙区の推測はついたが、民自党幹事長がわざわざ時間を割いて、冷やかしで来ているとも思えない。

「勝てる。いや勝たせてみせる。来《きた》るべき総選挙の指揮をとるのは幹事長の俺だよ。その本人が断言してるんだぜ」

大谷が口をへの字に曲げて、顎を突き出した。

「私、まだ三十二歳ですよ。政治の世界では雑巾がけすらさせてもらえない程度のひよっこじゃないですか」

「あんたは、自分のことがわかっとらんのだ。モーニングエコノミーを毎朝楽しみにしているビジネスオタクの老人、それに有力財界人も多数いる。老人たちのお目当てはなんといっても、松嶋玲子なんだよ」

大谷はグラスを空にして言った。

「でも、私は東西テレビの社員ですし、番組のキャスターでもあります。いきなり辞めることなどできません、無理です」

大谷の本気度を察し、玲子は真顔でそう返答した。

「次は、白ワインにしようか」

定番のカプレーゼが運ばれてきた。モッツァレラチーズのまろやかさとトマトの甘味とバジルの風味のハーモニーが絶妙で、白ワインとの組み合わせに舌と喉が呼応する。

「東西テレビの小石社長に呑んでもらうしかないな」

大谷はわざとらしいニヤニヤ嗤《わら》いで応じた。

「いつ辞めさせるおつもりです？」

「九月中には降板してもらわんと間に合わない」

「あと一か月半じゃないですか」

「そうだな」大谷はうなずいた。「政治家になりたかったら、今月末にも辞表を出すぐらいの覚悟が欲しいところだ」

玲子はムッとして答えた。

「無茶苦茶です。そんな視聴者の方々を裏切るようなことはしたくありません」

「裏切る？　子供みたいなことは言わんほうがいい。キャスター・松嶋玲子なんてすぐに忘れてくれるさ。今度は政治家・松嶋玲子として世にお目見えすれば、喝采間違いなしだ」

「いわゆるタレント議員ですか。ベテラン政治家の皆様に、内心ではバカにされそう」

「そんなのはどの業界でも同じだろう。選挙で当選を重ねるたびに力はついてくる。顔も政治家らしくなる。どうだ、受けてくれないか」

顔をぐっと寄せ、大谷が迫ってきた。

カサゴのアクアパッツァを堪能しながら飲む白ワインは格別だった。雰囲気の良い店で美味しいものを食べていると、不思議なことに相手に逆らう気が失せてくる。

北海道産ウニの生パスタを堪能したあたりで、断る気力が急速に失せてきた。

「考えさせてもらってもいいですか」

「猶予はないぞ。他の候補もいないわけじゃない」

「一両日中にはご返事させていただきます」

「吉報だといいな」

大谷のニヤリと嗤う顔には、普段接する男たちにはない凄みがあった。

やがて長身の秘書がどこからか現れ、大谷は店の前に待機していた黒塗りの車に乗った。

玲子は去ってゆく車に会釈したが、スモークガラスで大谷の顔はよく見えなかった。

お台場のマンションに戻ると夜の九時を過ぎていたが、夫の圭はまだ帰宅していなかった。

普段の玲子は七時には就寝するが、大谷の声が頭にこびりついて離れず、なかなか寝つけなかった。

珍しいことに、十一時に玄関のドアが開く音がした。

「顔色が悪いけど、どうしたの」

玲子がリビングに行くと、圭が言った。

平日に互いが顔を合わせることはめったにない。圭がマンションを出るのは午前六時。外資系の金融機関「ゴールドストーン」の日本法人に勤務している。

まだ三十歳だったが、ヴァイス・プレジデントの地位にあり、日本でいえば課長職に相当するようだ。だがその容貌は童顔で背も低く、過酷な業界で働く凄腕トレーダーのイメージはない。土日は自室で一日中ゲームに熱中している。歴史シミュレーションゲームの「信長の野望」が好きらしい。

圭が家で仕事の話をすることはほとんどない。財布も別々だ。マンションのローンは、圭が八割を負担している。玲子の年収は同世代の女性よりは恵まれているものの、高収入とは言い難い。圭はというと、外資系特有のボーナス偏重の成功報酬型年収で、玲子はその額を知らされてはいない。

そしてとにかく一日中働いている。帰宅はいつも午前零時前後になる。

「疲れてるだけよ」

間もなく二十四時間起きていることになる。最近、夫婦の会話が少なくなっていた。つい、応答も短くなる。

「幹事長に会ったんでしょ。どうだった？」

Tシャツと半ズボンに着替えた圭が笑顔で訊く。今夜、大谷と会うことはメールで伝えていた。

「衆議院選挙に立候補しないかと唐突に言うのよ」

「それで、返事したの？」

圭が表情を変えずに言った。

「考えさせてくださいと返答したわ」

「ふん。玲子さんは政治家には向かないよ。断ったら」

いつになく語気が荒い。自分とは真逆の性格で、圭がきつい物言いをすることはめったにない。

「そんなの、なんでわかるのよ」

「だって政治家なんて、金と権力にまみれたヤクザな商売だろ」

「そんな決めつけて。政治家に恨みでもあるの？」

玲子は黙ってはいられなかった。

「迷っていたけど背中を押してくれてありがとう。圭が悪しざまに言う政治の世界に挑戦する決心がついた」

へそ曲がりの癖がつい出てしまった。

「利用されるだけだよ。金のない人間が足を踏み入れていい世界じゃない」

「リベラル系の議員さんなんかお金に縁がない人、多いじゃない」

「それは労働組合とか宗教法人とか、そのほかに地盤、看板がある二世議員とか、バックがあるんだよ」

「いずれにしろ、有権者に選ばれることが大事でしょ。この国のお役にたてればいいんじゃない」

玲子はもともと原稿を読み上げるだけのキャスターで生涯を終えるつもりはなかった。それに子供もいない今の自分なら、なんにでも挑戦できる。

三日後の月曜日、人事部長に退職を申し出て、その翌日には、八月末の降板が決まった。東西テレビ社長の小石英次郎と大谷の間で話がついていたのだろうか。簡単に退職届が受理されたことに一抹の寂しさを覚えた。

二〇一二年八月三十一日金曜日のモーニングエコノミーの現場には、緊張感が漂っていた。

「突然のお知らせがございます。松嶋キャスターは本日で番組を卒業されます」

男性キャスターの飯塚隆が告げた。

「いつも早朝からモンエコをご視聴いただき、ありがとうございました。引き続きモンエコをよろしくお願いいたします」

玲子の爽やかな笑顔でその日の番組は終わった。

ネット上にはフリー転身説はもちろんのこと、妊娠説やスキャンダル隠し説も飛びかった。やがて民自党からの立候補を表明すると、知名度の勘違いとか美人を鼻にかけているとか、中傷ならびに敗北予想のオンパレードだった。

最初に苦労したのは選挙資金だった。事務所開きにスタッフ募集、ポスターにチラシ、宣伝カーのレンタル等々。二千万円がすぐに消えた。圭の言う通りだった。

結局、足りないお金はすべて圭が都合した。外資系証券マンとしての鋭い感性と豊富な知識にくわえ、どこから集めてきたのか集金能力にも長けていた。

ライバルとなる立国党の高島大介は選挙区内での人気は抜群で、その庶民的人柄と現政権の大臣ということから自信満々であった。どう考えても玲子に勝ち目はないと思われた。

ところが、すばらしい後援会長を得たことで流れが変わった。選挙活動の母体が必要となり、困り果てた玲子は圭に相談したのである。

圭が空谷隆夫の名前を持ち出したときは驚いた。選挙区内の品川に本社を構える企業の創業会長兼社長で、五十五歳だったが、ＩＴ業界の草分け的存在といわれていた。一代で時価総額数千億の一部上場企業に成長させたその手腕は、業界内でも評価が高い。

品川の会長室を訪ねたときは緊張した。モンエコの取材とは違い、自分が相手に値踏みされるのである。断られる公算が高いと覚悟して臨んだ。

マスコミで見かける顔より、実物は迫力があった。肉体労働をしながら大学を出たという記事を読んだことがあるが、その厳《いか》つい顔に圧倒された。まだ五十代だが六十代にみえた。貫禄と存在感に威圧された。

「驚きだ。毎朝楽しみにしているモンエコのあの松嶋玲子が、圭君の細君だったとはねえ」

空谷は破顔一笑した。彼は無類の投資好きで、ゴールドストーン証券のＶＩＰ顧客であり、圭が担当者だった。

「それにしても、圭君は無口というか、無愛想だよなあ。奥さんの話など一切しない。投資の話しかしないからな。もっとも、私にとっては好都合でね。ごちゃごちゃ言う輩《やから》は嫌いだ。特に失敗の言い訳は聞きたくない」

「いつも夫がお世話になっております。このたびは、後援会長をお願いしたくて、図々しくも参りました」

玲子は切り出した。

「そうだったね。面会したということは、了解したということです」

空谷は笑顔で答えた。あまりにもあっさりしていて、玲子は拍子抜けした。

「ありがとうございます。百万の味方を得た思いがいたします」

「だが私の力が及ぶのは、おそらくたかだか一万票程度だよ。あとは玲子君が頑張るしかない」

初めてかけるタスキに違和感を覚えながらも、日を追うごとにそのタスキが支えとなった。出勤前の有権者に訴える駅前の辻立ちでも、頑張れと言ってくれる男性が増え、握手を求めてくる人数も、少しずつ増した。

選挙戦終盤には接戦が伝えられていた。

圧巻は民自党幹部が宣伝カー上に勢ぞろいした夕方の応援風景だった。テレビを意識した玲子の演説の熱量は自分でも驚くほどで、言葉が次から次へと出てきた。

「皆様の貴重な一票をわたくし、松嶋玲子にお貸しください。当選の暁には必ずお返しいたします。それも倍返しでお役に立ってみせます。日本が元気になる政策を実行させてください。若さは武器にはなりませんが、時という味方は希望の光を生みだす力にはなります。どうか松嶋玲子にチャンスを与えてください。期待を裏切ることはいたしません。皆様から拍手される政治をやらせてください。最後の最後まで諦めることはいたしません。どうかこの戦いを皆様と一緒に戦わせていただけないでしょうか。切にお願い申し上げます。ありがとうございました」

玲子は接戦をものにし、一方の高島大介は比例になんとか滑りこんだ。

二〇一二年十一月十八日に行われた解散総選挙で、立国党は大敗し、大勝した民自党が政権を奪還したのだった。

第一章　少子化対策担当大臣

1

衆議院予算委員会が開かれている委員室で、少子化対策担当大臣の松嶋玲子は、立国党の矢代肇議員に嚙みつかれていた。

「ですからバラマキには賛同できません、と申し上げております」

「委員長！」

額に青筋をたてて矢代が手を挙げる。

「矢代肇君」

予算委員長が指名する。

「現行の児童手当月額一万円はバラマキではないと大臣は言われるわけですね。額で言い方が変わるわけですか。それこそ予算委員会を愚弄する発言じゃないですか。委員長、取り消すように言ってください」

「松嶋少子化対策担当大臣！　今後の答弁に関しましては言葉を謹んで発言願います」

百七十センチの長身の玲子がボブヘアをなびかせながら答弁に立つ。

「話を戻しますと、現行の児童手当月額一万円が出生率の改善に寄与しているとは考えておりません。ですので、児童手当の額と少子化対策とは切り離して考えるべきだと申し上げておきます」

「委員長！」

「矢代肇君」

「それこそ見解の相違であって、額が少ないから少子化対策にならないわけです。十万円だとインパクトが違うのではありませんか」

「松嶋少子化対策担当大臣」

委員長が玲子に促す。

「果たして、約二十兆円の補正予算を組んで児童の養育者に月額十万円を支給することが出産を促す施策になるのでしょうか。矢代議員もご承知の通り、すでにコロナ対策予備費からの七千億とは別に一兆二千億円の補正予算を盛り込んでおります」

「委員長！」

矢代が顔を真っ赤にして手を挙げる。

「勿論、予算を承知したうえで申し上げているわけで、抜本的な拡充をしない限り少子化対策にはならないのではありませんか。民自党に抜本的な対策があれば伺いたいものです。期待はしておりませんがね。先ほどの話に戻ると、我が党の提案をバラマキとか言う大臣をですね、総理はどう思われますか？　任命責任があるのではありませんか」

「山川総理大臣」

縁なし眼鏡に色白の端整な顔をした山川が、喜怒哀楽を表情に出すことは滅多にない。視線を真っすぐに矢代にむけ答弁する。

「民自党といたしましては、少子化と人口減少問題の抜本的対策となる法案を近々お示しするところでございます。立国党ご提案の一律月額十万円給付につきましては、財源確保が難しく、現行手当の継続でご理解ねがいます。また矢代議員からご指摘のあった松嶋大臣につきましては、適任であると判断しております」

「委員長！」

「矢代肇君」

「バラマキ発言をする大臣を許容しろと言われるのですね。総理、お答えください」

「山川総理大臣」

「先ほど委員長が注意されたとおりで、言葉を慎むように申し述べます」

予算委員会が終わると、議員たちは何もなかったかのように談笑しながら、委員室をあとにした。

今夜は料亭で民自党の第三派閥八千代会の領袖《りょうしゅう》である飛島太一副総裁の誕生日を祝う席が

用意されている。八十二歳になる飛島は血色もよく、元気そのもので衆院議員の現職であるかぎり、老いとは無縁のようである。

その席に玲子も同席することになっていた。セッティングしたのは総理の山川である。各派閥の領袖たちに対する彼の気遣いは、尋常ではない。

神楽坂《かぐらざか》にある料亭「室井」には衆院議員の公用車で向かった。

本国会終了後には、近々衆議院の解散があるのではないかとの憶測が飛び交っており、報道各社は総理の動向を常に追っている。

夜六時五十分、「室井」に総理専用車である黒塗りのセンチュリーが止まり、山川が中から出てきた。玲子の公用車がその後ろにつける。

張り込んでいた報道陣のカメラが玲子をとらえてフラッシュを浴びせる。山川が「室井」に入ったのを見届けると、玲子は背筋を真っすぐに伸ばして歩き、玄関にむかう。

個室の椅子に座っていた山川に会釈し、山川の対面にある二つの椅子の左側に座る。

「総理を待たせて申し訳ない」

遅れてやってきた飛島はニコニコ顔で詫びた。わざと遅れてきたと玲子は思った。

「島がふたつ並んだなあ」

飛島は玲子の隣に腰掛けながら言った。

松嶋と飛島。つまらないジョークだ。食えない老政治家に玲子は笑顔で応じたものの、八十二歳の老人の隣に座るのは違和感があった。

それは四十歳という年齢差ではなく、相性の悪さとでもいう感覚である。無派閥議員であった玲子を取り立て、大臣に任命してくれたのは山川総理だ。派閥にも興味はなかった。政治家は法案を作り、その政策を実現することこそ肝なのだから。

「飛島副総裁、誕生日おめでとうございます」

山川の発声で乾杯した。

「副総裁の益々のご健勝をお祈り申し上げます」

飛島とグラスを合わせ、玲子は微笑んだ。

「四十歳も年下の女性大臣、それも美人に祝ってもらえて、総理の気遣いに感謝だな」

飛島の厳つい顔がゆるんだ。

「ところで、例の移民促進法案の件で、儂《わし》に話があるんだろう」

玲子が同席する理由を、飛島は察していた。

「松嶋君、骨子を副総裁に話してくれないか」

山川はそう言うと、サザエのつぼ焼きに箸を伸ばした。

「少子化ならびに人口減少問題を解決する方法は移民の受け入れしかないと思っています。

しかし、移民の受け入れには多くの課題があります。現行では特定技能という在留資格で受け入れていますが、賃金の低さに加え、円安の影響が大きく各国との人材獲得競争は厳しさを増すばかりです。加えて日本語という特殊要因で敬遠される状況が続いております」

玲子は昼間の質疑を思い出していた。女性はお金がもらえるからといって、子供を産もうなどとは思わない。自分の証を残したいから産むのだ。仮に不妊に悩む女性たちに治療代を補助しても、少子化対策に寄与するかはあやしい。

「今日の予算委員会での答弁は良かった。立国党の連中は言いたい放題だから気楽なものだ。連中に対しバラマキと断じたのは喝采だ。なあ、だから女性大臣を舐めちゃいかんのだよ」

飛島はグラスの日本酒をうまそうに飲み干しながら相好を崩した。

「外国人を移民させるためなら、予算はいくらかけてもいい。特定技能外国人に前払いで一時金をやるというのはどうだ。みんな借金して来日してるっていうじゃないか」

飛島の指摘は的を射ていた。

「移民促進については党内でも慎重な意見が多く、ぜひ副総裁のお力をお借りしたいのです」

山川は低姿勢で言った。

「おい、おい。党の総裁はアンタだろう。儂はその下の副総裁だぜ」

「いえ、飛島さんのおかげで私は総裁になれたようなものです」

山川の遜《へりくだ》った態度に、玲子は改めて派閥の恐ろしさを感じた。

「立ててくれるのはありがたいが、トップになった以上、儂を切ってでも政策を押し通す気概がなければ、この国の舵取りはおぼつかないな」

飛島は腕組みをして、神妙な顔つきをしてみせた。

「めっそうもございません。大先輩を差し置いてこの国の舵取りなどできませんよ」

「そうでもないだろう。総理は意外と腹黒いんじゃないか。こう言っちゃなんだが、低姿勢を貫く男の共通点は、本音をみせないことだ」

腹の探り合いのような会話に、玲子が割り込んだ。

「今国会会期中は難しいでしょうが、移民促進法案の党内合意が得られましたら、秋ごろ開催予定の臨時国会で可決成立させたいと考えております。副総裁、いかがでしょうか」

「それでいい。少子化問題が野党の餌食になってはたまらんからな。じゃあ移民促進法の成立を期して乾杯するか」

飛島はそう言うと、大げさに杯を掲げた。

「乾杯！」

総理の山川が従った。玲子は微笑みながら杯を添えた。

「室井」を出ると総理専用車を先頭に副総裁、大臣の順に公用車が料亭をあとにした。

お台場のマンションに着くと十時を回っていたが、圭はまだ帰宅していなかった。バスタブにつかり一日の疲れを癒やした。

十一時半に圭が「ただいま」と言って帰ってきた。キャスターの頃とは違い、代議士になってからの玲子は、圭の帰宅まではリビングで過ごすことにしている。

「圭、ちょっと話聞いてくれない」

シャワーを浴び、スウェット姿でソファに小柄な身体を沈めた圭に声をかける。今日の会食の話を聞いてほしかったのだ。

「眠いんだよね。悪いけど」

玲子が政治家になって十年、圭は政治にまったく関心を示さなくなった。

「選挙のときはあんなに応援してくれたじゃない」

「落選するの、嫌だろうと思ったからさ」

「それだけ？」

「そうだよ。株もゲームも負けたら終わりだし」

「ゲームじゃなく、現実の政治の話でしょ」

「現実の政治？　バカバカしい。オンラインゲームの方がよっぽど創造的でロマンがあるけど……もういいかな、早くベッドで休みたいんだ」

圭はソファから立ち上がり、寝室へと消えた。

あとを追いかけて行く気にはなれなかった。

＊

玲子はソファで寝るつもりなのだろうか。

圭は今の政治家たちにとことん幻滅していた。昭和の時代には気概のある男たちがいた。もちろん織田信長ら戦国時代が最高だが。

玲子もキャスターの頃に比べ、政界に身をおくうちに顔付きまで変化してきた。作り笑顔をしているうちに、純粋さが消えた。朱に交われば赤くなるのを圭は実感した。

少子化対策担当大臣になって、さらにひどくなった。

玲子が移民政策にやっきになっているのもやっぱり「あの件」が影響しているのだろうか。

そもそも移民促進など圭に言わせれば、どこかの国と提携条約でも結ばないかぎり不可能だ。

戦国大名のように、権謀術数を駆使して敵を籠絡《ろうらく》しなければならないのだ。

圭は次はどこの国を落とそうかと、ゲームのことを考えていると、頭が冴えてきて眠れなくなってしまった。

2

「只今から定例閣議を始めます。本日は本会議で防衛費増額についての修正法案の可決を求める手筈でございましたが、野党からの質疑要請があり、急遽予算委員会を開催することになりました。ついてはその対策につき討議願います」

午前九時、国会議事堂内にある院内閣議室において官房長官の早瀬達也の司会で全閣僚が出席する閣議が始まった。定例閣議は週二回、火曜と金曜日に国会会期中は国会議事堂内で午前九時から、閉会中は総理官邸閣議室で午前十時から行われる。

「改めて確認させていただきますが、風力発電会社との不適切な関係が取り沙汰されております小平環境大臣から、経緯のご説明と弁明をお願いいたします。総理、よろしいでしょうか」

丸テーブルの上座に座る山川は険しい表情をしている。

「小平大臣、時間がないので手短に話してください」

総理にくぎを刺され、立ち上がった小平の顔にはあぶら汗が浮かんでいた。

「総理、天地神明に誓って申し上げますが、やましいことはしておりません。従って、経緯の説明も弁明もいたしかねます」

「一日中、野党の追及を受けてもいいのですか。予算審議がストップし重要法案がすべて廃案になってもかまわないのですか」

山川は顔をゆがめ畳みかける。

「辞任しろとおっしゃりたいのですか」

「だから、真実を述べてほしいわけですよ」

山川は苛立っていた。

「飛島副総裁に辞任しろと言われれば、そういたします。それでよろしいでしょうか」

当選回数ならびに年齢において全閣僚の中で最も若輩の玲子が、少子化対策以外で発言することはない。だが、派閥を盾に居直る小平の態度には失望した。

「次に、今週発売の週刊誌に掲載される葛西文科大臣の女性問題につき、大臣自らお答え願います」

公費を使って密会していたというスクープ記事が、木曜日に出るという。

「昔の話でして、記憶も定かではありません。公費を使ったという事実は否定させていただきます。弁明するつもりもありません。納得いただけないのであれば、大谷副総理と相談の上、結論を出させていただきます」

葛西文科大臣は大谷派の所属議員だ。

「この件につきましてはこれ以上続けても結論は出ないので、ここまでにいたします。異議ある方は挙手願います」

早瀬官房長官の口調は淡々としている。感情を顔にも声にも一切出さない。

大臣たちは下を向き、誰も挙手しない。玲子には、派閥の領袖の意向を忖度《そんたく》して発言を控えているように感じられた。

この問題が露見しなければ、今日は来年度の防衛費増額に関する集中審議にあてられ、遅くとも今週中には与党の賛成多数で成立する手筈であった。

「今国会会期中に、なんとしても防衛費増額のための財源確保法案を可決成立させねばなりません。内閣の命運にもかかわる最重要法案なのです。両大臣にはそれを踏まえて速やかな判断をされることを望みます」

山川は両大臣をけん制し、閣議は三十分で終了した。

午後一時から衆議院予算委員会が始まった。最初に質問に立ったのは大志党幹事長の菅野雄一であった。

「小平環境大臣に単刀直入に質問します。風力発電会社の後藤社長から現金を授与されたのは事実ですか。お答えください」

「小平環境大臣」

委員長に促されて小平が答弁に立った。

「フェイクです。フェイクに答えるつもりはございません」

午前の閣議とは違い、小平は顔色ひとつ変えずに答弁し胸を張って席に戻った。

「委員長！」

「菅野雄一君」

「フェイクニュースをマスメディアは流しているということですか。そんな言い逃れで予算委員会を愚弄していいのですか。委員長！　所見をお聞かせください」

「小平環境大臣、フェイクという表現を改めてください」

「フェイクでなければ捏造《ねつぞう》です」

小平は平然と言い切った。

「委員長！」

菅野が血相を変えて手を挙げる。

「答弁を拒否する大臣に代わり、総理の答弁を求めます」

山川はゆっくりした歩調で答弁に立った。

「現段階での答弁は控えさせていただきます」

「捜査が入った時点で答えてもらえると解釈してよろしいですか」

「仮定の話にはお答えできかねます」

「重大な疑惑がある環境大臣が、本予算委員会においてグリーンエネルギー修正法案その他の答弁をするのは問題ではありませんか。総理、審議がストップしてもよろしいのですか。更迭されてはどうですか」

「疑惑を招いていることにつきましては、お詫びいたします。ご指摘の処遇につきましては、現時点で申し上げることはございません」

「これ以上質問しても無意味なので、終わります。なお関連事項につきまして、我が党の田島委員が質問します」

「田島幸三君」

「大志党は『国民に誠実であれ』を党是としておりますが、質問に対し、誠実にお答えいただくことを誓ってもらえますでしょうか。葛西文科大臣にお尋ねします」

田島の先制パンチが飛んだ。

「葛西文科大臣」

意表を突かれた葛西は一瞬総理に目を遣り、うろたえた顔を隠さず答弁に立った。

「誠実にお答えする所存でございます」

「女性との交際に公費をあてられた。間違いありませんね」

「昔のことなので、記憶が定かではありません」

「記憶が定かでないということは、公費の使用についてはお認めになったと解釈してもよろしいのですね」

田島の質問はいやらしかった。真綿で首を絞めにかかっている。

「そのような事実は存じません」

「事実と言われましたね。記憶があったんじゃないですか。予算委員会で虚偽の答弁をされると偽証罪になります。これを念頭においてですね、次の質問をします。女性と不適切な交際関係にあったんじゃないですか。イエスかノーでお答え願います」

「決して不適切な関係はありません」

身内の閣議では弁明するつもりはないと威勢のいい発言を葛西はしたが、田島委員に乗せられ支離滅裂になった。

「交際の事実は認められた。世間ではそれを不倫といいます。教育を司る立場にある大臣として、冒頭誠実を誓われましたが、矛盾しませんか」

委員室から失笑がもれる。

「葛西文科大臣」

葛西は泣きそうな顔をしてこうべを垂れ、答弁に立とうとしない。

「質問を終わります」

予算委員会終了後、国会内の民自党議員控室では議員たちのひそひそ話があちこちで始まった。総理の判断の是非につき、派閥ごとに議論している。今年の通常国会は来週で閉会だ。今週中には野党抜きでも重要法案を通す必要があった。

おそらく国会内で各党の国対委員長同士で話し合いが行われているはずだ。総理も今夜、大谷副総理と飛島副総裁との会談で打開策をさぐるに違いない。もしかしたら別室で話し合いがすでに始まっているかもしれない。

無派閥の玲子はだれとも話すことなく、国会をあとにした。衆議院第二議員会館内にある事務所にもどる途中、部屋が隣の東山翼と廊下で顔を合わせた。

「次元の低いくだらない国会だったなあ」

吐き捨てるように言う。玲子とは同い年で当選同期、現在は党の副幹事長をしている。無派閥の二世議員だ。

「いつものことでしょ。翼君」

玲子も今日の国会には失望した。

「移民促進法案をバシッと通して、スカッとさせてほしい。たのむよ、玲子さん」

両手を開いて見得を切るしぐさが、歌舞伎役者に似ている。東山は当選三回で沖縄及び北方対策担当大臣に任命された。そのとき玲子は総務副大臣であった。

東山と立ち話を終え、事務所のドアを開けると、三人の秘書たちが待っていた。

「お疲れ様です」

政策担当秘書の川口修が律儀な顔で迎えた。ベテラン秘書で移民促進法案を立案している。

「玲子先生、国会答弁、格好よかったです」

公設第一秘書の小栗ひとみが拍手した。政治オタクの女子だが、目がくりっとしてアイドルと見紛うビジュアルである。

「僕も早くあんなふうになりたいです」

一番若い公設第二秘書の金子優斗が甘えた声をだす。政治家志望の青年だ。

「みんな頑張って。これからが勝負よ。絶対に、移民促進法案は通すから」

玲子は自らを鼓舞し、秘書にも覚悟を求めた。

＊

衆議院本会議が行われる議場は騒然としていた。

「静粛に願います。只今から衆議院本会議を開始します」

午後一時、議長の良く通る声が議場に流れた。

「防衛費見直しに関する法案の採決を行います。賛成の諸君の起立を求めます」

「反対！」「反対！」「反対！」

野党議員が立ち上がり何人かが議長席に押しかける。

「静粛に」議長は両手を広げ野党議員を制止した。「速やかに席に戻ってください」

「財源の議論が先じゃないか！」「ふたりの大臣を更迭してからやれ！」

怒号が飛ぶ。

「賛成の方々の起立を求めます」

一部の議員が議長席に詰め寄ってきた。議場内の警備を行う衛視が駆けつけ野党議員を抱え込んで引き戻す。

与党議員が起立する。

「賛成多数により本案は可決されました」

ひな壇の大臣たちの席で防衛大臣が立ち上がり頭をさげた。

「次に、グリーンエネルギー修正法案の採決を……」

「議長！　順番がちがうぞ」

「そのとおり。不信任決議をやれ！」

野党議員席からヤジが飛ぶ。

「静粛に願います。今後の議事妨害には衛視による議員退場を認めます」

衆議院議長の毅然とした態度に議場は静まった。

「グリーンエネルギー修正法案の採決を行います。賛成の諸君の起立を求めます」

与党議員が起立する。

「賛成多数により本案は可決されました」

緊張した面持ちでひな壇に座っていた小平環境大臣の額からは、汗が噴き出していた。立ち上がって頭を下げる。

「辞任しろ！」

「恥ずかしくないのか」

野党議員のやるせない抵抗であった。

与党も野党も含め、国会のあり方そのものが旧態依然としている。大臣は官僚の作文を読み上げ、野党は反対ばかりだ。互いが十年後の政治ビジョンを掲げて討論する。官僚は事実と数字だけを答弁する。玲子はそんな国会であるべきだと思った。

3

永田町に解散風が吹き始めていた。

衆議院議員の任期は四年だが、二年近くが過ぎた。通常国会の閉会後、すぐに議員たちは地元選挙区に戻る。後援者を回り今国会の報告をしたのち、いつ行われるかわからない総選挙に備え協力を要請する。

「山川総理の評判が悪すぎる。内閣支持率も三〇%を切った」

玲子の後援会長である空谷隆夫が、自社の会長室で腕を組み渋い顔をした。

「大臣になったのに大した成果も出せずに申し訳ございません」

空谷の期待に応えきれていない自分が悔しくて、玲子はくちびるを嚙みしめた。

「まだ若い。これから活躍できるさ。時代が女性のリーダーを求めている。十年前を思うと、ずいぶんと成長した。政治家の顔になり、凜としてきた。これからも応援させてもらうよ」

空谷は厳めしい顔をほころばせた。

「ところで、移民促進の件だが、現在在留外国人は人口の二・五％、約三百万人だ。これを一千万人にするヴィジョンを掲げてもらえないだろうか。日本の人口減少は待ったなしだ。昨年の人口推計で約八十万人の自然減少。出生数はなんと最低の七十七万人だ。人口八十万の山梨県が消えたことになる。今年は人口九十万の和歌山県がなくなり、来年には秋田県が消滅する。人口減少は国力の衰退を招く。人口は八千万ぐらいでちょうどいい、現在の後期高齢者がいなくなれば社会は自然と良くなるという輩もいるが、冗談じゃないよ。その次に控えている団塊ジュニア世代を忘れている」

空谷の饒舌《じょうぜつ》は続く。玲子には移民政策を担当している秘書の川口が同行していた。

「ところで、出生率と出生数だけど、合計特殊出生率一・三〇に出生数七十七万人。率にしろ数にしろ、増加させるのは至難の業だよ。晩婚化、未婚化に加え、住宅費、教育費、生活費の高騰に見合う賃金の上昇は難しいだろう。少子化ならびに人口減少対策は、安全保障よりも厄介な問題だろうねえ」

実業家は十年後のビジョンを掲げて仕事をしなければならないというのが空谷の持論だった。

「少子化対策だけでは人口減少に歯止めはかけられないので、若い移民の力を借りねばなりません。国力の衰えをカバーするためにも、移民政策はやり遂げねばなりません」

玲子が背筋を伸ばして言った。

「移民促進法を条文だけの法案にはしてほしくない。優先順位をつけ実現可能なところから着手してください」

空谷が釘を刺した。

そのあと川口の指示通りに後援者たちへの訪問をすべて終えると、午後七時をまわっていた。

お台場のマンションに帰宅すると、ソファに腰を沈めてテレビをつけた。

晩ご飯をどうしようかと悩んでいると、いきなり画面にテロップが流れた。

《山川総理、病院に救急搬送。料亭で会食中に倒れる》

玲子は慌ててテレビに駆け寄った。ニュース番組の女性キャスターが、搬送先の病院の前にいる記者に訊く。

「現場にいる小宮敬三さん、山川総理の容態につき、経緯とその後の様子をレポートできますでしょうか」

「はい、信濃町《しなのまち》のK病院の前にいます。総理は夕方、大谷副総理、飛島副総裁、早瀬官房長官と四人で料亭にて会食中に気分が悪くなり、意識を失った模様で、現在は集中治療室にて治療中とのことです」

「小宮さん、総理の病状ならびに容態につき、記者会見等が開かれる予定はありますか」

キャスターが心配そうな顔で問いかける。

「現時点では医師たちが記者会見を開くという情報はありません。現在、集中治療室にて懸命な治療が行われている模様です」

玲子は動揺した。先日の閣議では山川は顔色も良く元気であった。それが突然こんな事態になるのか。玲子は居ても立ってもいられず、山川の秘書に電話をかけた。

「今は、なんとも申し上げられません」

秘書は慌てていた。

それ以上、聞くことは諦め、通話を切った。頭の中では様々な疑問が渦巻く。原因は脳か心臓か、助かるか助からないのか。

九時のニュースは総理入院の報道で始まった。キャスターが隣に座る解説者に問うた。

「井関さん、総理の病状が心配ですが、今後の政局についてお聞きします」

「そうですね、あくまでも病状次第ですが、仮に辞任という事態になりますと、政局は混沌としてきます」

「総裁選が始まるということですか」

「そうなりますね」

玲子はテレビを消した。さっそく次の総理の話が始まったか。政治家は病気を伏せるものだが、今回は同席者がいた。それも総理臨時代理順位一位と二位が同席していたのだ。

玲子はもやもやした気持ちでバスタブに浸かり洗髪を終えると、洗面所で髪を乾かした。

そのとき、玄関のドアが開く音がした。

「ただいま」

圭が帰ってきた。いつもよりも早い帰宅だ。

「お帰りなさい」

パジャマ姿の玲子は駆け寄った。

「なんか、あったの？」

圭は素っ気なく言い、自室に消えた。

リビングで待っていたが、圭はなかなかこない。しばらくしてシャワーの音がし、スウェット姿の圭がようやくやってきた。

「総理が倒れたのよ」

「へえ」

「驚かないの？」

「七十手前でしょ。激務の上に大酒飲みらしいし、いつ倒れても不思議はないんじゃない」

「日本の総理なのよ。関心ないわけ？」

圭の無関心さに、玲子は腹が立ってきた。

「誰かが代わればいいだけの話じゃないの」

「山川総理のおかげで、私は大臣になれたのよ。その人が生死の境をさまよっている」

「じゃあ、玲子さんが、総理を助けられるの？」

そんな言い草があるか。玲子は心底頭にきた。

「もういい。早く寝たら」

「ああそうか。総理が交代して新内閣でもできたら、少子化対策担当大臣を交代するかもって、心配してるの？」

「私のことより、今は総理でしょ」

玲子はドライな圭の態度に失望した。

＊

医師団の記者会見を自宅のテレビで見ていた副総裁の飛島太一には、ある考えがひらめいていた。

山川の病名は心臓弁膜症だった。緊急開胸手術を行い一命はとりとめたものの、二週間から二十日程度の入院加療を要するとの説明があった。

携帯電話で副総理の大谷を呼び出す。

「総理臨時代理、ご苦労だが、よろしく頼みます」

民自党内のご意見番である飛島と、内閣を預かることになる大谷。飛島は大谷の二歳年長であったが、当選回数では大谷が一回多い。

「もちろんだ。それはそうと、おたくの小平とうちの葛西の処遇、その他の話も含めて、今晩にでも会わないか」

「わかった」

飛島は電話を切ると、秘書に今夜の会食を指示した。

夕方、飛島が銀座の鉄板焼き店に行くと、大谷が個室で待っていた。

「いやー、急に呼び出して申し訳ない」

席につくなりシェフがフィレ肉のステーキを焼き始めた。

「葛西は辞任させることにした」

大谷が先に切り出した。

「小平は本人が辞任を申し出た。それと党籍を離脱させる」

飛島が呼応する。

「これで大臣問題は解決だな。後任は互いの派閥のタスキ掛けでどうだ。人選は身体検査を最優先としよう」

大谷の決断は早かった。

ステーキが焼きあがった。八十二歳の飛島の好物は牛肉である。特にステーキを食べると体にエネルギーが満ちる気がする。

「さて、山川の辞任だが、いつにするか」

シェフが切り分けた肉をフォークに突き刺しながら飛島が訊く。

「明日にでも病院に見舞いに行き、本人の意向を聞いてからでいいじゃないか」

「そうしよう」

「次は総裁選だな」

「うーん、困った。推したい奴が出てこない」

赤ワインを飲み干し、大谷は顔を顰《しか》めた。

「もう一回あんたがやるのはどうだ」

「八十歳だぜ。勘弁してくれよ」

「そうかねえ。アメリカ大統領と同い年じゃないか」

飛島が揶揄した。

「もういいよ。山川の二の舞になるだけだ。あれこそ、ストレスの塊だ。マスコミや世論がうるさくてかなわん。その点、ナンバー2は楽だ」

「臨時とはいえトップになれば、またマスコミに追っかけられるからな」

「まあ総理代理に、文句言う奴もいないだろう」

大谷の口が滑らかになった。

4

翌日は定例閣議だった。閣議前の集合場所である総理官邸四階の閣僚応接室に大谷副総理を中心に閣僚がコの字形に並んで座る。正面に座る重要閣僚をテレビカメラがとらえる。中央にいる大谷の笑顔がまぶしかった。玲子は末席からみていた。

赤を基調とした床の絨毯の波形模様が直線状に広がり、三方の壁はスギやヒノキを積み重ねた積層壁で木のぬくもりがたまらなくここちよい空間だった。

玲子は初めてこの部屋の幅広の椅子に座ったときの感激が忘れられない。この国の最高の場所にいる責任の重さをひしひしと感じたものだった。

大臣たちは山川総理を話題に、隣同士でひそひそ話をしている。玲子は黙っていた。

午前十時前になり奥にある閣議室に移動する。一同は、マカンバの木材で作られた円形状に広がるテーブルを囲んで座った。

「それでは只今から定例閣議をはじめます。総理欠席のため、臨時代理の大谷副総理からお話があります」

進行係の早瀬官房長官が大谷をうながした。

「総理の病状につきましては医師団の記者会見のとおり、二週間程度の入院加療を要するとのこと、従って私が当面臨時代理を務めます」

定例閣議は非公開であり、発言内容が外部に漏れることはない。

「担当医師の面会許可が下り次第、総理を見舞ってご意向を訊く所存ではありますが、内閣の緊急案件となっている小平、葛西両大臣につきましては、先日辞任の申し出がありました。つきましては、閣僚全員の了承を得たく存じます。異議のある方は挙手願います」

小平、葛西両人は下を向いている。

「異議なし！」

山城防衛大臣のよく通る声が会議室の重い空気をやぶった。

閣議には大臣の他に官房副長官三人と法制局長官が陪席している。この四人は意思決定に参加できない。

「賛成の方の挙手を求めます」

早瀬官房長官がうながすと、全閣僚の手が挙がった。

「小平、葛西両大臣の辞任が了承されました。次の議題に移る前に大谷副総理からお話があります」

官房長官にうながされた大谷は軽く咳払いをした。

「総理との面会が叶ってからの話ではありますが、大臣諸君においては、常在戦場を念頭に職務に励んでいただきたい」

大谷の言葉に玲子は驚いた。常在戦場とは解散総選挙を意識してのことか。山川の意思も聞かずに、総理の職務復帰をつぶすつもりなのか。それとも、臨時代理のまま総理に横滑りしようという魂胆なのか。

玲子は山川の見舞いに行きたかったが、秘書からまだ身内以外の面会はできない旨を伝えられていた。

二日が過ぎ、永田町の内閣府庁舎内にある少子化対策担当大臣室の電話が鳴った。

「飛鳥だが」

電話を取った玲子の耳に、飛島のボソッとした声が届く。

「午後、時間をとれないかね。そっちに伺うつもりだが」

何か切迫した事態を読み取った玲子は、三時以降ならけっこうですと返答した。

午後三時ジャストに秘書が飛島の来訪を告げた。大臣室のドアが開き、ぬぼっとした顔に不釣り合いな笑みを浮かべた飛島が現れる。

「提案がある。聞いてくれるか」

応接椅子に座るなり、飛島は言った。

「その前に私からも申し上げたいことが。火曜日の閣議で大谷副総理から常在戦場のお話があったのはご存じですよね。生意気を承知で申し上げますが、副総理は総理がお戻りになられるまでの臨時ではないのですか」

玲子の物怖じしない態度は子供のころからの性癖で、それは時として周りの反感を買った。朱に交われば赤くなるのが嫌だったのだ。だから孤立し、いじめられがちな年少期を過ごした。

「昨日大谷とふたりで特別個室に入院されている総理を見舞った。まだ酸素マスクをつけておられたが、会話はできた」

「よかった。回復されたのですね」

「命に別状はないとのことだった。だが、そこで総理から辞任の申し出があった。国政の停滞はゆるされないとの判断だ」

玲子は寝耳に水の話に驚いた。

「回復されたのなら、辞める必要はないじゃないですか。外国の首脳なら二週間程度の休暇くらい普通です。急に不自然じゃありませんか」

玲子は山川を擁護した。

「おい、おい。それじゃ儂らが山川に辞任を迫ったように聞こえるじゃないか」

飛島の表情がこわばった。

「私はそんなことは申しておりません。辞めるのが不自然だと申し上げただけです」

「おたくも強情だな」飛島はニヤリと嗤った。「その強情さこそ政治家に欠かせない資質なんだがな。そこでだな、ひとつ提案がある」

この老練な政治家の来訪には、必ず裏がある。玲子は身構えた。

「近日中に総裁選の告示がある。松嶋君、立候補してはもらえないだろうか」

「え、私がですか。冗談でしょ」

青天の霹靂《へきれき》とはこのことだ。玲子は思わずタメ口で答えてしまった。

「一国の総理の話を冗談だと？　アンタ、儂をバカにしてるのか」

飛島は口からつばきを飛ばした。

「失礼があればお許しください。でも、無派閥の私を推す議員などいません。それにまだ当選四回の新参者です」

「そうかね」飛島はニヤリとして言った。「世論調査では、よく女性の総理大臣候補に名前が挙がっているじゃないか。それに大臣の不祥事続きで、内閣の支持率はガタ落ちだ。おたくなら、清廉潔白だろう」

たしかに、そういう心配はない。でも、清廉潔白さと総理の資質は別の話ではないか。

「単なる人気投票ですよ。総理候補一位で総理になった方が過去にいましたか。実際の総理は世論調査では、むしろ中位じゃありませんか」

「そうでもないだろう。だがな、世論を見くびってはいかん。選挙は世論調査に影響される。それに日本初の女性総理というおまけつきだ」

「女性というならば、元木裕子さんがおられるじゃないですか」

「あいつか。あれはダメだ」

飛島は苦虫を嚙み潰したような顔をした。

「どうしてです？」

「儂と相性が悪い。つまり、好かん」

「好き嫌いで候補を決められるのですか」

「当たり前じゃないか。一緒にいて、気持ちいい方がいいに決まっている」

「ちなみに、私はどうですか？」

「あいつよりは安らげる」

「それはありがとうございます」

玲子は内心ため息をつきながら答えた。

「早々に、結論をくれ」

飛島は飄々と立ち去った。

5

六本木のタワービル内にその本社オフィスはあった。そのワンフロアを占める花形部署であるディーリングルームには何百台ものモニターが並び、二百人近い社員が重層的な人垣を作り、世界中の債券、為替、株式等の金融商品と日々格闘している。一日で何百何千億円もの金がやりとりされる戦場でもあった。

その一角に浜田圭の率いるグループがいた。東証の後場が終わり、これから始まる先物相場までひと息つく時間帯だった。

「浜田ディレクター、お電話です」

電話に出ると、受話器から聞き覚えのあるぼそぼそした声がした。

「わかりました。ホテルニューオータニに今から行けばよろしいのですね」

部下に客と会うことを告げ、歩道でタクシーを拾い、紀尾井町《きおいちょう》に向かった。指定されたスイートルームに行くと、その人物がいた。

「お目にかかるのはお久しぶりです」

「いつも電話ばかりだからな」

大物政治家・飛島太一が照れたような笑顔で応じた。

圭と飛島との付き合いは十年を超えている。アソシエイトの頃に、上司から飛島を紹介された。個人で貯めこんだ金の運用担当者として、しこたま儲けさせてやった。

その後、圭はヴァイス・プレジデントになったが、飛島は圭が担当することに執着した。党の資金や自らの政治団体への献金を株式等の運用に充てるのは、政治資金規正法により禁止されている。だからこの老人は自らの数億にも満たない金額の資産から運用を始め、今では何十億という資産家になった。

それにしてもこの十何年、日本経済は停滞したままで、株式や債券の運用は米国頼みだった。その恩恵を受けて資産を増やしたこの爺さんは、政治で何かやったとでもいうのか。言いたいことは山ほどあったが、この爺さんと接することで政界の話が聞けるのは有難かった。仕事柄、政治、経済、世界の情勢等の膨大な情報をインプットしなければならない。取引よりもそっちに割かれる時間のほうが多いのだ。

「何か切迫したことでもございましたか」

「いやなに、急に圭君に会いたくなってねえ」

本音は決して口にしないジジイの社交辞令だった。

「君も忙しいだろうから、端的に言おう」

飛島の口を尖らせるポーズが出た。このポーズこそが本音を吐くときの彼の癖であることを、出会ってしばらくして知った。

「君の姫をだね、総裁選に担ぎ出すつもりだ」

何が姫だ。図々しい。

「総裁選があるんですか？」

圭は両手を上げ、驚いたふりをした。

「ここだけの話にしてくれ。総理の辞職が相場にどういう影響があるか儂は知らんが、姫にだな、君から助言願いたい。総裁選に立候補してはどうかとな」

圭の脳が回転する。民自党第三派閥の飛島派が存在感を示すために先手を打ち、流れを引き寄せる。あるいは別に本命がいて、玲子を当て馬にするつもりか。または推したくない候補の票を減らすために玲子を利用するのか。そのうちのどれだ。

「玲子で総裁選、勝てますか？」

圭はとぼけたふりをして訊いた。

「勝てる見込みがあるから君に頼んでいるんじゃないか。儂を見くびるのか」

飛島がすごんだ。

「どの派閥が玲子を推挙していただけるのですか？」

「飛島派に決まってるだろう」

飛島派だけで勝てるわけねえだろうが、このくそジジイ。

「失礼を承知で申し上げますが、他派閥との調整はどの程度？」

「だから、姫の承諾が先だと言ってるじゃないか。儂はさっき一度断られた。この段階で他派閥に接近するのは危険だ」

たしかにもっともな言い分だ。政治家は旗幟《きし》を鮮明にすることを嫌う。

「事は急を要する。だからわざわざ出向いて頼んでいる。今晩にでも話して説得してもらいたい」

飛島の本心が今いちつかめなかったが、これ以上追及すると本気で怒りだす恐れがある。

「わかりました。玲子と話してみます」

「儂と会ったことは伏せておいてくれよ」

「了解しました」

圭はわざと深々と頭をさげた。

「ところで、軍資金の話だがね。子分に餅代がいるのだ。頼むよ、圭君」

猫なで声に変わった。現金な御仁だ。

「頑張ります」

圭は笑顔で応じて部屋を出た。廊下で部下に電話し、緊急なことはないか確認してから、このまま直帰する旨を伝えた。

「ただいま」

いつもより声を張ってみた。しかし、リビングに玲子はいなかった。浴室からも音はしない。寝室をのぞくと、横向きになってベッドで休んでいた。

リビングのソファに腰かけ、ペットボトルの冷たい水を飲みながら、総裁選の展開に思いをめぐらせた。

飛島の爺さんが玲子を総裁選に担ぎだそうとした本音はなにか。

人を利用することが飛島の生き甲斐だ。彼には理念などは邪魔なのだ。投資でもリターンに執着する。玲子を総裁・総理にすれば、自分の思うようにできる。飛島は自らがトップになるよりもそれを陰で操るタイプだ。

問題は第一派閥創新会の出方だが、この派閥には経産大臣の元木裕子がいる。だが、ここは一枚岩ではない。

そこでキーとなるのが第四派閥の山川派だ。山川が辞任したので、この派閥から総裁候補はおそらく出ない。今回は派閥領袖が候補にいない、稀にみる激戦が予想された。

今回は特に派閥の力学が読みにくい。

ということは玲子にもチャンスがあるのかもしれない――。

第二章　総裁選

1

信濃町のK病院へ向かうタクシーの中で玲子は悩んでいた。

唐突に飛島から総裁選への立候補を打診されたものの、他派閥の支援が期待できるとは考えづらい。しかし、少子化対策のための移民促進法案は、なんとしても国会に上げたい。法案の理解者である山川総理に、意見を聞いてみたかった。

午後二時前、病院一号館で検温後、三号館内にある特別個室のドアをノックした。どうぞという声がし、小柄な総理夫人が現れた。広いベッドに横たわっていた総理は、玲子を見ると点滴をつけたまま起き上がり、応接セットに移動した。

玲子は見舞いの花を夫人に渡して、ソファに座った。

「ありがとう」

想像していたよりも元気そうな山川がいた。

「お元気そうで良かったです、総理」

「こんな事態になって済まなかったね。問題山積だというのに」

山川は言葉を濁した。

「どうして辞任などなさるのです？　あと一週間もすれば退院じゃないですか」

つい詰問調になった自分が恥ずかしかった。山川を責める道理などあるわけがない。

「総理は激務だからね。体力が落ちると仕事にならない。それに判断力も鈍るしね」

たしかに前よりも痩せて見えた。言葉にも覇気が感じられない。

「当然、内閣も総辞職になりますね」

「申し訳ないと思っている。まさか、こんなことになるなんて思ってもいなかったからね。体なんてわからんものだ。突然倒れて開胸手術だよ」

明らかに弱気な山川に、玲子は言葉を失った。権力者も病には勝てないものなのか。だが、不治の病ではない。治ればまた元気に仕事ができるはずである。

「大谷副総理と飛島副総裁がお見えになったそうですね」

玲子は病気を理由に山川が辞任したとは、どうしても思えなかった。

「そうだね。おふたりで見舞いに来られた」

「そこで、何があったのでしょうか？　無理にとは申しませんが、聞かなかったことにしますので、良かったらお聞かせいただけませんか」

玲子は納得したかった。内閣が替われば、少子化対策担当大臣も誰かに替わるだろう。

「……まあ結局のところ、派閥闘争の話だからね。だけどねえ、松嶋君の長い政治家人生の参考になるかもしれないから、聞いてもらうか」

山川は喋り始めた。

「もし病気を理由に閣議で総理の方針に反対する閣僚がいれば、閣内不一致で何事も決まらない。だから、ここら辺で辞職したらどうかと言われてね。今なら病気辞職で格好はつく」

「まるで、脅しじゃないですか。どなたが言われたのです」

「口を開いたのは飛島副総裁だ」

「反論はされなかったのですか」

「反対閣僚は、総理権限で即刻更迭すると返答した」

「それでいいではありませんか」

「ところがだね、彼らの派閥の閣僚を辞任させると言い出した。飛島さんと大谷さんのふたりにそんなことを言われたら、もうなす術《すべ》がない」

山川は溜息をついた。

「ひどい話ですね」

玲子の顔がゆがんだ。その飛島から自分は総裁候補に担がれようとしている。

「まあ、最後は不人気内閣にした自分の責任でもある。私では解散総選挙を戦えないとの民自党の最終判断と受け止め、辞任の決断に至ったということです」

その血腥《ちなまぐさ》い政治の世界のてっぺんを決める総裁選が、これから始まるのだ。

「次の総理がどなたになるのか私にはわかりませんが、私は少子化対策担当大臣を留任させていただきたいと思っています」

「次の総理が決めることだけど、大臣になりたい議員はたくさんいるから、主要閣僚以外は交代する可能性が高いだろうね」

「やっぱり、そうですか」

玲子はため息をついた。

「もっとも、もし君が総裁選に立候補して善戦すれば、留任の可能性はあるかもね。だが、経産大臣の元木裕子君も立候補するだろうしな」

「総理は元木さんを応援されるおつもりですか？　もし、仮に私が総裁選に立ったら、総理の支援を仰ぐことはできますでしょうか」

「立候補者がまだ決まっていない段階で、そのような話には答えられないでしょう」

「そうですね、失礼いたしました。お疲れでしょうから、今日はこれで失礼します」

玲子はソファから立ち上がり、夫人に会釈して病室をあとにした。

お台場のマンションに戻った玲子は、圭の書斎をノックした。返事がない。

入りますと言ってドアを開けた。書斎というよりはゲーム部屋のＰＣデスクに、圭の姿はなかった。

近くのコンビニにでも行ったのかと思ったが、なかなか帰ってこない。

玲子は山川に会い、総裁選に立候補するしかないと悟った。

山川も賛成してくれている移民政策を、なんとしても推進したかった。だが、野党だけではなく党内にも、移民受け入れに反対する議員は多数いる。いち大臣がどうこうできる問題ではない。山川を失った今、移民政策は振り出しにもどる可能性がある。自分が総理にならないかぎり、この政策は廃案にされるだろう。

炒飯と野菜スープを作り、ダイニングで圭の帰りを待ったが、夜の八時を過ぎても連絡もない。

十数年前に圭と初めて出会ったのは合コンの場だった。女子アナと外資系トレーダーが四人ずつ集まった。会場は有明《ありあけ》にあるダイニングレストラン。その個室のテラスからは、海が見えた。

四人の中で一番若かったのが圭だった。背が低く小太り、おまけに年下で、その頃の玲子の好みとはかけ離れていた。

他の三人は明らかにやり手の風貌で、趣味を聞かれるとクラシック音楽鑑賞とかゴルフとかクルージングと答えていた。圭は少し恥ずかしそうに囲碁だと言った。

他の女子アナは圭を避け、三人同士で盛り上がっていた。だが口がうまく、容姿と学歴とお金を会話の端々に入れ込む男たちに、玲子は軽薄さしか感じなかった。

玲子は仕方なく圭と囲碁の話を始めた。テレビ局では話したことはなかったが、玲子は囲碁の有段者であった。

玲子に囲碁を教えたのは、父親の雄三だ。当時小学六年生の兄・遼に雄三が囲碁を教えていると、碁盤のそばで対局をみていた玲子が兄の打ち手を咎《とが》めた。当時、小学一年生だった。ルールも知らないくせに余計な口出しをするなと兄が怒った。知ってるもん、と玲子が応えると、じゃあ対局しろと迫ってきた。まあまあと父親はなだめたが、実際に対局すると黒番の玲子の圧勝だった。玲子は、漫画の「ヒカルの碁」を愛読していたのだった。

玲子の才能に目をつけた雄三は、本格的に碁の手ほどきを始めた。小学四年生になるとアマ五段の腕前になっていた。神奈川県の囲碁十傑選大会に出場し、金星を挙げたこともある。

雄三はプロを目指せと言ったが、玲子は自分はその器ではないと自覚していた。囲碁の世界では一部の才能ある者しか食べてはいけない。

合コンの後、圭とオンライン囲碁をするようになり、玲子は圭にわざと辛勝した。すると負けず嫌いの圭は何度も挑戦してきた。

それが縁で、ふたりは急接近し、デートを重ねた末に結婚したのだった。

そんなことを回顧していたら十時になり、圭から携帯にメッセージが来た。

行くつもりはなかったが、職場の仲間から釣りに誘われ、千葉で一泊するとあった。出張で外泊することはあっても、休日の外泊、それも突然の外泊は初めてだった。

メールの最後に、飛島から総裁選に立候補するよう説得してくれと頼まれたが、それを決めるのはあなたですと、冷めた文章が付け足されていた。

2

「総裁選の日程が決まった。七月十四日告示と候補者推薦届出受付。議員投開票は二十六日。十二日間の戦いになる」

少子化対策担当大臣室で飛島は気色《けしき》ばんだ。

「二十人の議員の推薦人が必要ですよね」

玲子が朝一番で出馬の旨を伝えると、飛島はいそいそと玲子を訪ねてきた。

「うちの派閥だけでは輪が広がらん。他派閥や無派閥にも打診しよう。無派閥議員はあんたが募ってくれ」

まるで飛島の出陣式のようだった。

「無派閥はなんとか私が集めるつもりですが、それだけでは到底数が」

「そんなことはわかってるよ。大谷派の石田大樹が立候補するようだ。だが、二、三人は融通してくれるだろう。大谷は保険をかけるに違いない。風見鶏だからな」

「山川派はどうでしょうか？」

「奴は入院中だ。間もなく退院するそうだが、奴は虫が好かん。エリート面した男と儂みたいな叩き上げは相性が合わん」

「政治は駆け引きじゃないんですか。この際、好き嫌いは封印すべきでは」

玲子も腹が据わってきた。

「まあ、とにかく儂に任せろ。あらゆる手立てを使ってやってやる。あんたは十四日の所見発表演説会の原稿を準備しなさい。党員と議員の心を鷲づかみにするような演説を頼む」

そう言うと、飛島は立ち上がり大臣室から消えた。

告示日まであと一週間。玲子はさっそく夕方、後援会長の空谷隆夫と会食した。

「そうですか。よく決心したね。私も応援しがいがある。今度は総裁、いや総理大臣の後援会長になるかもしれないわけだ」

港区にある日本料理店の個室で、空谷はその厳つい顔をほころばせた。

「会長、気が早いです。ご期待にそえるかどうかはわかりませんが、悔いの残らない戦いをしてみせます」

笹で覆われた天然の鮎の塩焼きがテーブルに載った。

「ところで、何人くらい立候補しそうですか」

鮎を頬張りながら空谷が訊く。

「あくまでも予測ですが、女性ふたりと男性ふたり、四人の争いになるのではと」

「なるほど。まあベテランの元木裕子大臣は黙ってないだろうね。若い女性に先を越されてはたまらないだろう。それと、国民に人気がある石田大樹大臣かな。あとは誰です？」

「多分、元沖縄北方担当大臣で無派閥の東山翼が出ると思います」

「ベテランふたりと中堅ふたりの争いですか」

「議員票はともかく、まず党員票を集めないと勝負になりません。そこで会長にお願いがございます。大学のＯＢ党員の票を集めてはいただけないでしょうか」

玲子は箸を置いて、深く頭をさげた。

「圭君の紹介もあったが、玲子君が大学の後輩だったたから、あのとき後援会長を引き受けた経緯もある。今度は女性初の総理大臣誕生のために、党員票と併せて寄付も募ることにしましょうかね」

「会長、よろしくお願いいたします」

寄付まで募ってくれるとは考えてもいなかった。玲子は空谷の器の大きさを改めて実感した。


翌週火曜日の定例閣議で諸案件の承認を終えた後、大谷副総理が閣議を締めた。

「新しい総理総裁が決まるまで国政の停滞は許されない。各大臣はそれまで職務に精励され、失言は謹んでもらいたい」

「副総理、発言してもよろしいですか」

元木裕子経産大臣が手を挙げた。

「どうぞ」

大谷が元木を指した。

「閣僚の皆様にもお伝えしておきます。わたくし、元木裕子は総裁選に立候補いたします。なにとぞご支援のほどよろしくお願い申し上げます」

「おいおい、ここは閣議の席だ。場所をわきまえてくれないか」

大谷が渋い顔をした。

「言論の自由はいかなる場所でも保障されております。この国を良くしたいという思いがこみ上げてきたものと受け止めてください」

そう言うと、元木裕子は口を真一文字に結んだ。

まさに先制パンチだ。届出まであと二日。玲子は一両日中には立候補表明するつもりだった。その前に推薦人二十名の名簿を作成しなければならない。

閣議後に飛島が電話をしてきて、二十名の推薦人が揃ったと告げた。ファックスで送信されてきた名簿には、派閥名も書いてあった。

十五名が飛島派で二名が大谷派、残り三名は玲子が募った無派閥議員だった。女性議員が無派閥の一名だけとは、情けない話である。

とはいえ、衆議員四百六十五名中女性は四十五名で十%にも満たない。政界は完全に男性優位社会である。もっとも、参議員では二百四十八名中、五十六名の二十三%と、比率が上がる。これは比例代表方式により、女性候補を推薦した結果に過ぎない。いずれにせよ、将来的に選挙制度は見直すべきだと玲子は考えている。

ちなみに、議員合計での女性比率十五%は先進七か国の平均三十%に比べ断トツの最下位だ。世界をみても百九十か国中百六十五位という最下位集団の一員である。

男女共同参画はお題目に過ぎない。本音を隠して建前で取り繕っているだけだ。

午後、少子化対策担当大臣定例記者会見がはじまった。

「昨年度の合計特殊出生率は一・三〇で戦後最低であり、コロナの影響を加味しましても今後増加に転じる気配はございません。従いまして、現行の育児休業制度の充実、保育施設の整備、児童手当の支給、教育費の無償化等の政策だけでは限界があると言わざるをえません。つまり、出生数と死亡数の差の拡大にともない人口約百万人が毎年減少していく次第でございます。ただし少子化対策につきまして他国の方が優れているという事実はございません。例外といたしまして、ハンガリーがございます。子育て世帯への無利子貸付や住宅購入補助、子供がいる母親の所得税の優遇などの政策により出生数減少に歯止めがかかり、現在では出生数が二割増に転じております。

しかし、その予算はGDPの約五%であり、我が国の〇・八%の六倍です。それにいたしましても、OECD加盟三十八か国の平均が二・五五%ですから、我が国は低いと言わざるをえません。これらを踏まえ少子化対策につきまして新たな所見をお示ししたいと存じます。ここまでの報告につきまして質問があればお受けいたします」

合計特殊出生率とは十五〜四十九歳までの一人の女性が産む子供の数を指す。

玲子が指摘したハンガリーでは子供を産むたびに所得税が軽減され、四人以上になると所得税が免除される。また三人以上産むと、七人乗りの車を購入する際、約百二十万円の補助金がもらえる。また新婚カップルが子供を産むたびにローンの返済が三年間猶予され、三人目が生まれると残りのローンが免除される。また三人以上子供を産むと住宅費購入の際の補助金が出る。

他にも様々な特権があり、政策を見る限り、特に三人以上の出産を奨励しているようにみえた。つまりふたりだと人口は維持できても増えることはない。そこで三人以上に焦点をあて人口増を図ろうとしているのだ。

またヨーロッパ諸国では移民を受け入れているが、ハンガリーだけは移民を拒んでいる。自国民だけで人口増をはかろうとする凄まじい執念を玲子は感じていた。

他方、隣国の韓国はどうか。合計特殊出生率が〇・七と低下傾向にあり、五十年後には人口が半減するという試算も出ている。

「毎朝新聞の中原です。大臣にお伺いいたします。現行の少子化対策では出生数ならびに出生率の増加は期待できないとおっしゃってるわけですね。そこで党内で移民の受け入れにつき、現在その法案を策定中だと聞いておりますが、その進捗状況ならびに法案の骨子だけでも、大臣からお聞かせ願えないでしょうか」

これから玲子が話そうとしていることを先回りして、毎朝記者の中原美樹が訊いてきた。意志の強そうなスリムな体つきの美人記者だ。玲子の会見には必ず参加し、ときにぶら下がりもする新米の玲子番ともいえる女性だった。

「移民促進法案として秋の臨時国会で議論いただく手筈でございましたが、このたびの山川総理辞任により、法案の内容ならびに日程を変更せざるをえないかと存じます」

「つまり、状況が変わったということですね。二つ質問させていただきます。一つ目は、移民政策が少子化対策とどう関係するのか。二つ目は、次の総理総裁により政策の見直しがあるのか。以上です」

大臣定例記者会見といっても、重要閣僚ではない大臣の場合、集まる記者は五人程度が通例なので、重ねて質問ができた。

「お答えさせていただきます。一つ目の質問ですが、先ほどハンガリーの少子化対策を紹介させていただきましたが、これは特殊な例でありGDP比五％と申しますと、我が国の直前の実質GDPは約五百五十兆円であり、その五％は二十七兆円となり、予算計上できる額ではございません。つまり少子化対策については、極端な施策を実行しないかぎり、出生率の向上は期待できないと申し上げざるをえません。それらを踏まえ、移民政策と人口増加策とセットで考えないと、真の少子化対策にはならないと考えております。二つ目のご質問につきましては、わたくしがお答えすることは残念ながら出来かねます。以上でよろしいでしょうか」

玲子は総裁選立候補の発表場所を模索していた。一両日中にはやらねばならないが、大袈裟に構えたくなかった。

「東日の佐々木です。失礼なことを大臣にお訊ねしますが、ネットではご自身が『移民大臣』とか、『イミン玲子』と呼ばれていることをご存じでしょうか」

申し訳なさそうな顔をして、男性記者が訊いた。

「承知しています」

玲子は笑顔で応じた。

「失礼なニックネームだと私は思っているのですが、大臣の感想をお聞かせ願えれば記事にしたいと考えております」

「憲法で保障されている言論の自由の範囲内であればよろしいのではないでしょうか。確かに、わたくしは移民政策を積極的に推し進めたいと考えております」

そこまで話して、頭の中で今だと囁く声がした。

「この場は大臣会見の場ではございますが、わたくし松嶋玲子は、今回の総裁選に立候補することを発表させていただきます」

番記者の中原美樹が笑顔で拍手した。それに合わせるように他の記者も拍手する。

「それについては、また改めまして会見を開かせていただきます」

玲子は笑みをうかべて言った。

二日後には総裁選候補者の所見発表演説会が控えている。

圭の帰宅を待っていたが、十一時半が過ぎてもまだ帰宅しない。演説に盛り込む経済政策について、圭に相談したかったのに。

思えばキャスター時代から、圭とはすれ違いの夫婦だった。

もし自分たちに子供がいたら、ふたりの人生は変わっていただろうか。キャスターを続けていたか、専業主婦におさまっていたか。

玲子は子供が欲しかったがなかなかできず、不妊治療に通い指導を受けたが、そのうちに、圭が夫婦生活を嫌がりだした。

人工授精にも挑戦した。最後は玲子の卵管の閉塞または狭窄《きょうさく》が問題であることがわかったが、その手術に圭は反対した。圭は子供が欲しくないと白状した。そこまで言われたら諦めるしかない。

それから玲子は少子化対策について勉強するようになり、移民政策にのめり込んでいった。だがそれと反比例するように、圭との会話は激減していった。

3

七月十四日午後一時、民自党本部で総裁選が始まった。

「民自党総裁選挙管理委員長の山本武でございます。本日午前十時に総裁選候補者推薦届出の受け付けを行いました結果、候補者は届出順に、石田大樹候補、元木裕子候補、東山翼候補、松嶋玲子候補の四名となりました。今月二十六日には党所属国会議員の投開票ならびに党員票の開票が行われ、新総裁が選出される運びとなります。各位のご協力をよろしくお願い申し上げます。それでは、これより候補者の所見発表演説会を行いますのでご静聴願います」

壇上に並んでいる四人の候補者の中に余裕の笑みをうかべている元木裕子がいた。他のふたりは普段どおりの表情であった。玲子はとても緊張していた。手に汗をかいている。

「演説はそれぞれ二十分とし、会場後方のモニターにおいて残り時間を表示しております。なにとぞ時間厳守でお願いいたします。それでは、まず石田大樹候補、よろしくお願い申し上げます」

山本にうながされた石田が立ち上がり、演壇に上がった。日焼けした精悍《せいかん》な顔に、ベテラン議員らしく余裕の笑みを浮かべている。主要閣僚経験者らしい存在感だ。

「石田大樹でございます。政治は国民のものであり、政治家はそのしもべであって、権力者ではありません。このことを肝に銘じ、私の所見を述べさせていただきます」

本命と目される石田の演説がはじまった。

「第一に、過去の慣習を捨て去り、迅速なデジタル社会の実現に邁進《まいしん》してまいります。印鑑を廃止し、あらゆるレジをセルフ化し、工場倉庫をロボット化し、最終的には自動運転社会を世界に先駆けて実現させる所存でございます。このため、行政におきましては、従来の省庁縦割りから脱却させるべく、その先陣省庁であるデジタル庁の一層の強化を図ってまいります」

原稿を読まずに堂々と前をみすえ身振り手振りを交えてスピーチする姿はさすがであった。石田節がさく裂し、経済政策、安全保障、外交問題について幅広く持論を展開した。

二番目に立った元木裕子の顔がきりっと締まった。

「元木裕子でございます。私は日本を守る責任と未来を開く覚悟を胸にこの民自党総裁選挙への立候補を決意いたしました。国の使命は国民の生命と財産を守ること、国家の主権を守り抜くことだと考えております」

冒頭から彼女の信念と気迫がみなぎる格調高い演説で始まった。

玲子は彼女のキャリアと視野の広さに敬意を持つとともに、女性ながら閣僚経験が豊富な貫禄を感じた。

内容は多岐にわたり、「日本経済の再生」「成長産業への投資の促進」「小型核融合炉等による安定的な電力供給体制の構築」等々について、力強い口調で訴えるものだった。

司会者が次の東山翼をうながす。前のふたりと比べ、彼の若く潑剌とした姿には清新さがあった。

「東山翼でございます。私は日本を変えたい、変わらなければならない、変わるという一念で総裁選への立候補を決意いたしました。あらゆるしがらみを断ち、自由で開かれた日本で若い世代が活躍できる社会の実現に邁進してまいります」

若さと歯切れのよいテンポが東山の人気の源だ。

「そのために、まず第一にめざすべきはグリーンエネルギー社会の実現です。世界に先駆けて日本がカーボンニュートラル実現の先頭を走る所存です。具体的政策といたしましては日本を農業大国にする所存です。先端技術を駆使し農業の仕組みを輸出できるように努めてまいります。第二は、日本を世界一の観光立国にすることです。あらゆる政策を総動員し観光の仕組みを簡素化すると共に、先端技術を駆使して世界に向け観光地としての日本の魅力を発信し続けてまいります」

東山翼は目力の強さと、聴衆をねじ伏せる語り口が特徴だ。

「人口減少が止まらないこの日本において、次代を担う若い世代に活躍の場を提供することこそが政治家の使命だと申し上げたく存じます。わたくし東山翼に皆様方のご支援を賜りますようお願い申し上げ、演説を終わらせていただきます。ありがとうございました」

右手を握る得意のポーズをとり、演壇を降りた。

玲子は立ち上がり、一礼してから演壇に向かった。マイクを前にすると、自然と力が湧いてきた。

「松嶋玲子でございます。私は未熟者ではございますが、日本の五十年後をみすえた政治をめざしてまいります。金融、経済、防衛、産業等多岐にわたり課題は山積しておりますが、あえて人口減少対策に的を絞った政策を提言させていただきます。

日本の人口は大雑把に申し上げましても、毎年約百万人減少しており、五十年後の八千万人は、現在のドイツと同じ人口になります。ドイツで結構じゃないかと思われるかもしれませんが、ドイツの人口減少も例外ではなく、それを移民政策で補っており、移民の背景を持つ人が一千六百万人以上います。

日本とドイツは似たところが多く、面積、敗戦国であること、経済力、真面目な国民性、謙虚な気質、世界トップクラスの自動車産業、科学技術への貢献等々でございます。一方、日本の移民人口は約三百万人です。日本に来ている労働者は現在百万人を超えておりますが、これはいわゆる人手不足が原因です」

ひと息ついて見渡すと、そんな細かい数字などどうでもいいじゃないかという顔をした議員が散見された。露骨にあくびを連発している議員もいる。私語も交わされはじめた。

「ご静粛に願います」

司会者の声がした。

「現在日本に来ている百万人の労働者に一年ごとに移民権を付与し、五年後には永住権を与えれば、日本の人口が減ることはございません。さらに突っ込んだことを申し上げれば、全国各地に移民が定住すれば地方の過疎化高齢化、労働力不足等の解消にも寄与いたします。喩《たと》えて申せば、埼玉県ブラジル市、千葉県インド市、群馬県ベトナム市、栃木県タイ市など移民主体の市町村を誕生させれば定住率も上がるでしょう」

「いい加減にしろよ！　もうやめろ」

ひとりの議員がヤジを飛ばした。玲子はひるむことなく続けた。

「多国籍国家をめざすことこそが、この先日本が生き延びていく道であり、発展し続ける方策ではないでしょうか。外国人とのコミュニケーションを円滑にするため、現行の教育制度を見直し、オンライン英会話教育を充実させるべきと確信いたします。ご清聴ありがとうございました」

制限時間を残して演説を終えた。総花的な話は避け、一点突破を選択したつもりだった。その方が、聴いている議員ならびにテレビを見ている視聴者の印象に残るだろうとの玲子の思惑だった。ヤジが飛んできたのは却って幸いであった。万人受けする演説などするつもりは毛頭なかった。


衆議院第二議員会館内の事務所に政策秘書の川口修とふたりで戻ると、部屋にいた秘書の小栗ひとみと金子優斗が迎えた。

「玲子先生、お疲れさまでした。具体的ですばらしかったです」

小栗ひとみが目を潤ませながら言った。

「堂々とされていて格好よかったです」

金子優斗がうなずきながら続いた。

「ありがとう。それでSNSの反応はどう？」

国民の反応が気にならないといったら嘘になる。

「総裁にふさわしいと評判が良いのは元木先生ですね。他候補を圧倒しています」

優斗が悔しそうにつぶやく。

「先生、まだ始まったばかりですから、気にしないでください」

ひとみが玲子を慰める。

「何位かな？」

「今のところは最下位です。でも、東山先生との差はわずかです」

「やはり、石田さんと元木さんの一騎打ちね」

玲子はデスクのパソコンを立ち上げ、総裁選に関するＳＮＳをみた。

《五十年後の日本を心配するより、今の生活を良くすることを考えろ。五十年後には大半がくたばってる。ましてや百年後は赤子もおらんわ。バカ》

《人口など少なくていい。邪魔者の少ない世の中のほうが住みやすいんじゃ》

《こいつを総裁にするな。日本中がハーフになっちまう。アホか》

玲子に対する批判のオンパレードだった。

「断トツの最下位じゃない。それと物凄いアンチの数」

自嘲気味に笑って言った。

「ＳＮＳなんて、気にしないことです。党員と議員が選ぶ選挙ですから。綺麗ごとばかりじゃ、弁論大会と同じですよ。先生の主張こそ、大局観に立った演説でした。気になさらないことです」

年長の川口が弁護する。

「元々、国民の八割は移民に反対ですから。治安の悪化に、宗教と文化言語の違いがその理由なのでしょうが、そんな鎖国政策はやめ、開国しないと江戸時代に逆戻りするだけです。この三十年、日本は冬眠状態でした」

川口が政策秘書らしく持論を述べた。

「民自党の岩盤である高齢者は移民に絶対反対ですが、でも若い世代は違ってきています。先生は五十年後の日本を考えて主張された。今しか考えない世代の共感が得られないのは仕方ないです。でもこれからですよ」

明日の午後二時からは、日本記者クラブ主催の公開討論会が予定されていた。

その前に同期の東山と話しておきたいことがあった。電話をすると、隣の事務所に東山はいた。

「僕も連絡しようと思っていたところだよ」

「今回の総裁選だけど、派閥議員対無派閥議員という構図にしたいのよ。世論調査では私たち無派閥は三、四位だけど、共闘しない」

「望むところだよ。どちらかが決選投票に残るよう、さっそく明日からの討論会の作戦を立てよう」

「いいわね」

玲子はライバルながら同志のような存在の東山を心強く思った。

その夜、玲子がリビングでくつろいでいると、圭が意外にも十時に帰宅した。

「圭、話があるの」

「総裁選のことなら、さっきYouTubeで観たよ」

「知ってたの。最近、圭が私を避けてるような気がするんだけど」

「ボクは政治家じゃないから。この国の政治に関心ないし、玲子さんと政治の話をしたくないだけで、避けてはいないよ」

「でも、代議士に立候補したときは、あんなにも応援してくれたじゃない」

「あのときは負けて無職になる玲子さんを見たくなかったから。じゃあ聞くけど、玲子さんはなんであんなに移民にこだわるの。ボクが子供はいらないって言ったことへのあてつけ？」

玲子は思わず黙った。圭がまさかそんなふうに思っていたとは――。

「そもそも、発想は別にして、埼玉県民はだれもブラジル市ができることを望んでないし、千葉県民だって、インド市ができるのは嫌だろう。票にならない自己主張だけじゃ、総裁選になんて勝てるわけないよ」

玲子はショックで目に涙が浮かんできたが、何か言い返さずにはいられなかった。

「ところで、最近合コンでもして、好きな女性でもできたのかしらね。嫌いな釣りや旅行に会社の仲間と行くのは心境の変化？」

「心境の変化か。それでもいいよ」

圭は何も反論しなかった。

4

千代田区内幸町《うちさいわいちょう》にある日本プレスセンタービル。国内報道機関の拠点である。

午後二時、公開討論会が始まった。第一部は候補者同士の討論、第二部は日本を代表する新聞社の記者四人による質問形式の討論という構成であった。

昨晩の圭との喧嘩が、頭から離れなかった。圭の言うように、自分に子供ができなかったことが政治家人生に影響していないと、本当に言い切れるだろうか。

「本日の進行役をつとめさせていただきます企画委員の三枝でございます。よろしくお願い申し上げます」

女性の司会で第一部が始まった。

「東洋新聞の浅井です。候補者による討論の前段といたしまして全員にお聞きします。山川総理の辞任によりまして、今回の総裁選が行われることになったわけですが、つきましては山川政権の評価をお聞きすることにより、各候補者のスタンスが明確になり、前総裁との違いが浮き彫りになると存じます。石田大樹候補から順にお願いします」

「山川内閣の閣僚として総理をお支えしてきたわけでして、評価などする立場ではありません。あえて申し上げるならば、法案や予算の成立等につきスピード感に欠けたとの認識はございます。しかし拙速という言葉もありますし、現に私などはそれで批判されておりまして、なんとも申し上げようがございません」

石田は絶妙に答えを避けながら、自分をアピールすることは外さなかった。世間は石田のことを、「スピード大樹」と評していた。

「山川総理の一日も早いご回復をお祈りするばかりでございまして、病床の総理の評価などとんでもないことでございます。もとより、政治家は後世の評価に身をゆだねる覚悟で仕事をしているわけでございまして、現在の評価に一喜一憂する用意はございません。従いまして山川総理は立派な仕事をされたと申し上げる次第でございます」

現閣僚である元木裕子も、女性らしい気遣いのなかに政治家としての矜持を披露した。

「率直に申し上げますが、山川総理ならびに山川政権は成果に乏しい政権だったと言わざるをえません。民自党の古い体質から外れないように戦々恐々としていたと申し上げておきます。その根拠といたしまして、ひとつが派閥重視の順送り閣僚人事、ふたつがピンとこない経済政策、三つがバラマキ外交、数え上げればきりがありません。

今回若輩の私があえて総裁選に立候補させていただいた理由もそこにあります。民自党を変えたい、変わらなければならない、という切実な思いで立候補しました。元木候補から病床の総理を気遣う言葉がありましたが、古来政治家は倒れてなんぼの世界で戦うことを宿命とする職業ではないでしょうか。この際、綺麗ごとの政治は終わりにしたいものです」

野党議員かと思われるほどの激しい批判を東山が展開した。一気に論戦モードに突入した観がある。

「山川内閣の一閣僚といたしまして、総理の評価を論じるのは僭越《せんえつ》かと存じます。病気で倒れ、さぞや無念だったと推察いたします。激務による心労が重なったことも、原因でないとは言い切れません。志半ばであったことを思いますと残念でなりません」

玲子は無難に山川を擁護した。半分以上は本音だった。

その後、候補者同士による討論になったが、そこで奇妙なことが起こった。

玲子は飛島から元木裕子には質問をするなと釘を刺されていたが、石田と東山も同様に質問しなかった。一方の元木裕子は、話題に応じて質問相手を変えていた。

作り笑顔が特徴の元木裕子の顔が次第に険しくなり、険悪な形相になってきた。

「石田さんにお訊ねいたします。この討論会はわたくしを無視するために開催されているのでしょうか。お答えください」

元木裕子が暴発した。政策の質問ではなく個人に関することを公開討論の席で問うのは違反行為である。

「見識豊かな元木さんに質問しても、お答えは私が考える範疇《はんちゅう》を超えるでしょうし、畏れ多いので質問することがないのです」

石田が皮肉たっぷりに返した。

「候補者の皆様にお願い申し上げます。本討論会は世界中に発信されております。以後個人攻撃はおやめいただきたく存じます」

進行役の三枝が注意した。

場内がざわつき、候補者も黙ってしまった。

「元木候補に質問いたします。総裁になられたら民自党をどのようにされるのか所見をお聞かせください。また総理として日本をどうされたいのかお伺いいたします」

飛島との約束を破り、玲子は発言した。回答時間は二分。直前でランプが点滅し、二分たつと打ち切りだ。一分で総裁としての所見、また一分で総理としての覚悟をのべる。厄介な質問であった。

「わたくしは、民自党の長老支配を改め、年齢、性別を問わず、適任者を党務に任命いたし、党を改革してまいります。また、総理になることがございましたら、国民の生命と財産を守り、国家の主権を守り抜くために粉骨砕身、この身を捧げる覚悟でございます」

元木裕子はみごと二分以内にまとめた。

日本を代表する新聞社の記者四人が質問する、第二部がはじまった。

「毎朝新聞の坂上です。政治部記者になってから早いもので半世紀が経ちました。昔を懐かしむつもりはありませんが、最近の政治家は小粒になったと思うのは年寄りの感傷でしょうか。それについて四人の候補者にお聞きします」

達観したような上から目線の問いかけである。

司会者が石田大樹を指名する。

「小粒になった石田大樹でございます。坂上さんが言われる小粒とは風体についてなのか見識についてなのかよくわかりませんが、政治家にはリーダータイプがいて、調整タイプもいます。いわゆる大物とは何をもって言われるのか？　政治は結果であり、何をやったかが問われ、後世に何を残したのかにより、評価される職業だと理解しております。お言葉ではございますが、その質問は感傷的すぎるのではと思う次第です」

石田は坂上を皮肉った。

「同じく小粒の元木裕子でございます。坂上さんのおっしゃりたいことは半世紀前の政治家との比較にすぎません。独裁型の政治家は、民主国家には相応《ふさわ》しくない。従いまして、国民のためにどれだけ奉仕ができるかが問われ、最終的には国家の主権を守り抜くことこそが肝要だと認識いたしている次第でございます」

元木が石田に被せるように追随した。

「小粒より小さい豆粒の東山翼です。大粒、小粒が問題ではなく、どのような味がするかが問われると存じます。若輩者であるわたくしは豆粒ゆえに形も味も比較される対象にはなりませんが、日本を良くするために全身全霊をかたむけ精進する覚悟でございます」

坂上は若輩政治家に冷やかされ、引きつった笑みを浮かべている。

「この質問は撤回いたします。次の質問に移らせていただきます」

玲子はほっとした。前の三人の皮肉に、さらに追い打ちをかけると年配記者の面目は丸潰れである。

「松嶋候補にお聞きします。多民族国家を政策に掲げておられますが、それで人口が維持できたと仮定してもですよ、日本は混沌とした実験国家となり、国家の主権が守られなくなるのではないのでしょうか」

「わたくしが目指すのは多国籍国家であり、多民族国家ではございません。国籍を異にする多くの人々に永住権を与えることにより、日本文化に溶け込んでいただき、新たなる日本を再構築することで、国際国家としての日本の躍進に寄与してもらいたいと願っております。つまり、単なる人口政策ではなく、文化の融合による触媒反応に期待し、これから半世紀をかけ、より強靭な国家を構築したいと思っている次第でございます」

「高齢の私などは立ち会えない壮大な国家構想ですね。単なる人口政策ではないとお聞きし、批判する言葉をなくしました」

皮肉屋でプライドの高い坂上が、玲子を褒めたのである。

公開討論会は午後四時に終了した。議員会館の事務所にもどると、秘書たちが待っていた。

「玲子先生、三位の東山先生と並びました」

小栗ひとみが拍手した。

「三位争いじゃや、まだまだどうしようもないわね」

石田大樹と元木裕子の決選投票という、戦前の予想は変わっていないようだ。

「SNSでは元木先生を擁護する声であふれています。記者の質問ですが、石田先生へが十二回、元木先生は三回ですよ。東山先生と玲子先生が七回です。記者にも何らかの圧力がかかっているのでしょうか」

金子優斗が首をかしげて言った。

「元木さんに質問しても、完璧な答えしか返ってこないから、みな質問をためらった結果、そうなったんだと思うけどね」

質問回数など問題ではない。

「依然、石田先生と元木先生の人気が先行していて、三位との差は相当なものです。巻き返しの策を練らなければなりません」

ベテラン秘書らしい川口の言葉に、玲子もうなずく。

土日を挟んで始まるオープンタウンミーティング「国民の声に応える政策討論会」がオンラインで午後六時から七時半まで、計四回予定されていた。

そのとき、玲子の携帯電話が鳴った。

「今から事務所に来てくれないか」

飛島の苛立った声がした。

永田町の衆議院第二議員会館にいた玲子は、隣に建っている第一議員会館にむかった。

「元木には質問するなと言ったはずだぞ」

部屋に入るなり、飛島の渋い顔がテーブルを挟んで迫ってきた。

「申し訳ございません」

言い訳はしないで素直に謝った。

「おい桑原、予想した数字を図で説明しろ」

同席していた飛島の公設第一秘書がテーブルに図表を広げた。そこには様々な数字が並んでいた。民自党議員総数三百八十三票、同数の党員票、合計七百六十六票の獲得票数予測である。

元木裕子が所属する第一派閥も一枚岩ではなかった。第二派閥である大谷派は石田大樹を推しているが造反も考えられる。第三派閥の飛島派だけが全員玲子に投票する。とはいえ、五十名に満たない数だった。

無派閥議員の七十四名がある意味では第二派閥といえた。その多くは無派閥の東山翼に投票する可能性もある。問題は第四派閥である山川派だが、自主投票となった。さらに読み切れないのは党員票だ。予想では石田、元木、東山、松嶋の順位は変わっていない。

「いずれにしましても、現在のところ松嶋先生の苦戦はまぬがれません」

「おい桑原、なんとか玲子先生を二位に滑り込ませろ。わかったな」

桑原が退席すると、飛島は笑顔になった。

「週明けのタウンミーティングに全力投球することだ。儂が担いだ候補で負けた記憶はない。奥の手はいくらでもある」

虚勢を張っているようには見えないが、信じるに足る根拠は何もない。

「話を蒸し返すようで恐縮ですが、包囲網は元木裕子さん以外の他候補にも張られているのでしょうか」

「馬鹿な。儂が嫌いなだけだ。あんたが気にかけることではない。とにもかくにもだ、元木に追いつき、二位に入れ」

飛島は苛立っていた。

そんなことを言われても自分に策はない。どだい、中堅議員が総裁選に初挑戦して勝った例は少ないのだ。

5

ゴールドストーンのディーリングルームでは、誰が民自党総裁になるかが目下最大の関心事になっていた。総理関連銘柄の物色が始まっている。

「四日後ですね」

新入社員の高倉壮がつぶやく。オンラインによる二回目のタウンミーティングを部下四名と視聴し終えたところだった。時刻は午後七時半。

「やはり、石田大樹ですかね。石田だと、ＩＴ銘柄がバイですか。元木は防衛銘柄、東山は環境銘柄、玲子さんなら移民だから、航空会社にホテル、旅行業者かな」

「俺たちが投票するわけじゃないから、考えても無意味だね。今夜はこれで散会としよう」

そう告げるやいなや、圭は六本木の本社ビルを出て、タクシーで待ち合わせ場所に急いだ。

「お待たせして申し訳ありません」

「待ってる間に、何人にも電話できて好都合だったよ」

港区にある中華料理レストランの個室で空谷隆夫は笑った。

空谷はビール、下戸の圭は烏龍茶を注文した。

「党員票集めにご尽力いただき、ありがとうございました」

圭は頭を下げた。ＩＴ業界の大物が玲子を懸命に支援してくれている。

「今回は総裁選初参戦だしね、せめて三位に入れば大健闘じゃないかね。楽しみは先にとっておこう」

温かい言葉に、圭は空谷の度量の広さを感じた。

だが生きるか死ぬかの外資系証券会社で二十年近くも生き延びてきた圭にとって、次などない。多くの同僚が辞めていった。転職したといえば聞こえはいいが、多くは転落している。

年収何千万も貰っていれば、生活も派手になる。身についた習慣を捨てると心まで貧弱になり、いつしか意欲を失っていく。

無派閥の玲子の行く末が心配だ。どこかの派閥にこれから入っても、雑巾がけから始めなければならない。総裁選に出たからといってもなんの勲章にもならない。むしろ煙たがられるだけだ。

人生でこんなチャンスが再びあるとは思えなかった。生活を共にしている者だけが知る肌感覚である。玲子は自分のことを冷淡だと思っているかもしれないが、政治家の妻に夫がベタベタしていては様にならない。お互い一匹狼同士の夫婦なのだ。けれども、圭が玲子の成長を願う気持ちは変わらない。

「空谷さん、なんとか二位にすべりこむ手立てはありませんか」

圭もあらゆる手立てを講じるつもりでいた。

「第一派閥で干されている御仁がいる。私の学友でね、妥協ができない奴なんだ。二世だから政治家になれたわけだが、世渡り下手なうえに根が真面目で燻《くすぶ》っているが、野心はあるみたいだ」

察しはついた。島田壮一だ。大臣経験者である。

「何票かは期待できますか？」

「十票ぐらいならいけそうだ」

「どのポストに野心がありそうですか？」

「幹事長か政調会長なら喜ぶだろうね」

飛島に頼めば、政調会長のポストくらいなら提示できそうだ。

「お願いできますか」

「いいよ。どうせ誰にも入れたくないだろうし、天の邪鬼だから乗ってくるだろう」

「うまくいったとして、これで百六十ですね。まだ足りません」

圭は頭を抱えた。各候補の予想獲得票数が刷り込まれている。最低でも二百に届かないと二位にはつけない。過半数の三百八十四票を獲得する候補者はいないので、二百票以上を獲得した候補ふたりによる決選投票になると圭は読んでいた。

「そろそろ、君の本意を聞かせてもらえないだろうか」

後援会長として応援はしていても、総裁になれるとはさすがに思っていない空谷の問いかけであった。

「しがらみのない総裁の誕生こそが、日本の政治を変える第一歩になると思っています。派閥に気兼ねし、年功序列に従い、国益よりも地位にしがみつく政治家に国民は飽き飽きしています。玲子に私心はなく、とても頑固です。僕は彼女がこの国の采配をとる姿を見てみたい」

圭は資質的に玲子が他の候補に劣るとは考えていない。

彼女は東西テレビ時代に夜学に通いＭＢＡの資格もとっている。二年間頑張ったのである。何事につけひたむきな玲子が圭には愛しかった。永田町の魑《ち》魅《み》魍《もう》魎《りょう》の世界に一石を投じたい。

「熱い夫婦だね」空谷隆夫が破顔した。「わかった。二百票獲得するために、やれることはすべてやろう」

店を出たのが十時、圭はある人物の携帯を鳴らした。

投票は来週火曜日である。月曜日が党員投票の締め切りだから、この土日で決着がつきそうだ。今夜から月曜の朝までは、会社に縛られることもない。

「浜田か。まだ会社か」

副社長の今泉彰の声がした。

「いえ、外です。夜分に申し訳ありません。至急、ご相談したいことがあります」

路上を歩きながらの会話だった。

「込み入った話か。だったら今からうちに来られるか」

「近くにいます。すぐお伺いします」

今泉彰は圭と玲子の結婚式の主賓であり、そのときは直属の上司だった。

圭は港区のタワーマンションに入ると、厳重なセキュリティを経て高層階の角部屋のインターホンを押した。

「お前は、たしか酒は飲めなかったよな」

今泉がリビングで待ち構えていた。圭がソファに座ると、すぐに夫人がコーヒーを運んできた。

「お久しぶり。結婚式以来だから、もう十何年も経つわけね。あのときの花嫁さんが今は民自党の総裁候補だなんて。でも相変わらず美人よね、貫禄もついてきたし、すごいわね」

「恐縮です」

圭はカップを手に取って答えた。

「それにしても、圭君はあのときと少しも変わらないわ」

「さすがにもう成長は止まってます」

圭は照れ笑いをした。

「ところで、相談ってなんだ」

今泉が怪訝《けげん》そうな顔をして訊いてきた。

「うちのアナリストに、総裁選推奨銘柄を大々的に発表して欲しいのです。たしか来週月曜の東西テレビのモンエコに、熊谷さんが出演されます。その特設コーナーの今週のお薦め株でやってほしいのです」

「どの銘柄だ」

「海運、航空、旅行、ホテルです」

「その辺は、東山翼の観光立国銘柄じゃないのか」

「いえ、松嶋玲子の移民促進銘柄です」

「旦那も大変だな。情勢はどうなんだ」

「三位に食い込んだところです」

「そうか。厳しいな。インバウンドも期待できるし、アナリストの熊谷に当社推奨銘柄にするよう言っておくよ」

「ありがとうございます」

礼を述べ、コーヒーを飲み干した。

マンションを出ると十一時を過ぎていた。この時間でも会える男は、里田勉しかいない。携帯で彼の番号を呼び出した。

「ひさしぶりだな。まだ仕事か？」

「終わったよ。里田はまだ省庁？」

「今、接待が終わったとこだ。グッドタイミングだな」

「銀座？」

「そうだ。これからバーで会うか。総裁選の話だろう」

「図星」

電話の相手は大学の同期で、財務省の官僚である。

酒好きの里田はカウンターでハイボールを飲んでいた。圭はノンアルコールのカクテルを注文した。

「遅くまでご苦労だな。こっちは相変わらず貧乏暇なしで、浜田とはえらい違いだ」

里田は年収のことを冗談っぽく話した。今は財務省大臣官房の課長で、キャリア組のエリートコースを歩んでいる。

「総裁選で、せめて二位に押し上げてやりたいんだ」

「そうか。玲子さんのためなら、なんでもするつもりなんだな」

里田は二杯目のハイボールを注文した。

「玲子は勝てるかな？」

「派閥の力学で決まるんじゃないか。お前たちの結婚式に出て、俺は今でも玲子さんのファンだけどそればっかりはなんともな」

いつもは豪快に笑う男が、珍しく難しい顔をした。

「里田の知恵を借りたい」

「怖い話は勘弁してくれよ」

里田が予防線を張った。

「移民促進のためにどの程度の予算が計上可能か概算できるかな。それと移民を百万人単位で試算した場合、GDPをどれぐらい押し上げるか」

「むちゃぶりだな」圭の前のめりな質問に、里田は苦笑してから鋭い目つきになった。「玲子さんを決選投票までもっていくつもりなのか」

「エリート官僚に言うのも釈迦《しゃか》に説法だけど、四十のボクたちの五十年後は九十歳、まだ生きてるかもしれない。いわゆる団塊ジュニア世代の面倒をみる若者たちにかかる負担は想像を絶するよ。地獄の少子高齢化社会だ。六十五歳以上の高齢者人口と、それを背負う人口が一対一になる。中国もそうだが、この際他国のことは総裁選に関係ない」

「わかった、わかった」

里田は手のひらを立てて、圭を制した。

「だがなあ、怒るなよ。埼玉県ブラジル市、千葉県インド市、群馬県ベトナム市、栃木県タイ市と具体的に言われてみろ。その県の党員や国会議員が玲子さんに投票すると思うか。みんな逃げるぜ、県民に説明できんからな。凡人政治家は本音を隠し、大衆受けする政策、つまり所得補助とか減税とか耳に心地よいこと言って、大衆をだますわけだ。財務省とは真逆なことばかりのたまうって寸法だ」

政治家への不満を里田は吐露した。

「で、GDP増の概算は」

里田は黙って考えはじめた。頭のいい奴は、嫌なことでも相手の要求には答えをだす習性がある。プライドがゆるさないからだ。

「現行GDP五百五十兆円のうち少子化対策予算は〇・八％で四兆四千億だ。これをOECD加盟国平均の二・五五％に直すと、約十四兆二百五十億になる。多く見積もっても二十兆円が限度だな。例えばだ、百万人の移民に一人百万円の補助をだせば、それだけで一兆円。日本人の稼ぐ力は平均四百三十万、これを移民に当てはめると、四兆三千億のGDP増で〇・七％程度だな。これをどう解釈するかは浜田が考えろ」

暗算で数字を操る里田はさすがだった。彼の頭には様々なデータが刻まれているのだろう。

「政治家は数字を隠すペテン師だ。総論をぶち上げて、各論で裏切り、平然としている」

官僚としての愚痴が溢れる。

「ありがとう里田。参考にさせてもらうよ」

「玲子さんの健闘を祈っていると伝えておいてくれ。それとな、玲子さんが総理になったら、俺を代議士にしてくれ。なあ浜田、頼むよ。縁の下で汗かくのは疲れた」

午前零時を過ぎお台場のマンションに戻ると、玲子はすでに休んでいた。

玲子が起きていたら謝ろうと思っていた。この間は言い過ぎた。夫婦の間に横たわっていた問題の核心につい触れてしまったのは、自分らしくないと後悔していたのだ。

＊

総裁選のために圭に残された時間はこの土日しかなかった。月曜になると変動する相場の対応に忙殺される。国内外の情勢も綿密に分析しなければならない。

午前十時、永田町の第一議員会館に行き、飛島事務所のドアホンで来訪を告げた。

「どうぞ」

名刺を交換した相手は、公設第一秘書の桑原といった。

「先生は間もなくお見えになります。そうそう、この度は三千万円の利益をだしていただきありがとうございました。先生に代わってお礼申し上げます」

空売りしていた、半導体銘柄が暴落したので利益を確定させたのだ。

「さっそく、桑原さんの票読みからお願いします」

株売買には触れず圭は訊いた。

「飛島派四十七名は全員確保しました。それと無派閥議員二十名を追加してください。あと各派閥からのこぼれが十名。当事務所で把握している議員票は七十七です。党員票につきましては、うちの地盤の関西地区で三十は堅いと踏んでおります。これだけで百七票」

桑原の話を聞きながら圭の頭が回転する。

後援会長の空谷隆夫が集めてくれるOB党員票八十を足すと百八十七票。これは飛島派の関西地区三十とダブっているかもしれないから、堅く見積もって百八十票は確保。当てにはならないが、第一派閥の島田壮一グループ十名を加え百九十票は見込めるところまできた。

「党員票は水物ですから、松嶋大臣の美貌で投票する輩もいたりして上振れすると思っています。問題は議員票です」

玲子の美貌で票が上振れするだと。もっと緻密に票読みしてくれ。圭は内心ムカついたが秘書に言っても埒《らち》はあかない。

「待たせたね」

飛島太一がご機嫌な顔をしてあらわれた。三千万円で気を良くしたのが丸わかりだ。

「総裁選の途中経過は秘書の桑原から聞いたと思うがね、このままだと二位には届かん。あとはだなあ、玲子君の美貌票を期待するのみだ。党員、議員共々、男性老人集団だから風が吹くやもしれんのだ」

わざと遅れてきて美貌で風が吹くと平然とのたまう。美貌で政治家になれるのなら、モデルでも呼んでこいや。モデル議員連盟でもつくれ、このくそジジイ。

「ただしだ、もしも松嶋玲子が二位に食らいつけばの話だが、決選投票になる。そのときの仕掛けはしておいたからな」

飛島の飛躍した頭にはついていけないが、寝業師といわれる男のことだ、寝返る議員を募っているのかもしれなかった。

総裁選は公職選挙ではないので、政治資金規正法は適用されない。

今から六十年前の金権政治華やかなりし頃、毎夜料亭で会合を開き、議員に直接働きかける「一本釣り」、派閥単位で票のとりまとめを依頼する「トロール船団方式」といった言葉が飛び交っていた時代を圭はネットで知った。現金を二陣営からもらう「ニッカ」、三陣営からもらう「サントリー」、全陣営からもらって白紙投票する「オールドパー」といったウイスキーになぞらえた隠語も広まっていた。

ネーミングも絶妙だったが、良し悪しは別として今でもありうる話だ。

別れ際まで、飛島の爺様は金の礼を口にしなかった。第一議員会館を出ると、直射日光がじりじりと肌を焼いた。

暑い夏だ。圭はハンカチで額の汗をぬぐった。

次に向かったのは、民自党の女性議員連盟の会長宅である。その邸宅は渋谷の松濤《しょうとう》にあった。訪問するのは初めてだったが、藤堂富士子はゴールドストーンの長年にわたるＶＩＰ顧客である。いわゆるタレント出身の参議院議員で、長年にわたる実績により女性議員の重鎮にのぼりつめた人物だった。

その女性議員連盟とは女性の権利と公平性を保護し、社会全体での理解と尊重を促進する活動をしている団体で、ＬＧＢＴＱなど性的少数者への理解増進に最近は力を入れている。

「女性総裁誕生、素晴らしいじゃないの、あなた」

和風のリビングで、笑顔の富士子が圭に語りかける。

「総理夫人とはいうけど、総理夫なんて聞いたことないわよね」

根が天真爛漫なのか、ジョークもどこかずれている。

「そうですね。だけど、玲子が総裁になれるとは思えません」

圭は遜ってみせた。

「そうかな。私は松嶋玲子が好きよ。私は背が低いけど、彼女は高いじゃない」

なんの話だ。ボケが始まったか。圭は苦しい笑顔でごまかした。

「だから、応援してあげる。そのために、わざわざ訪ねてきたのでしょう。違う？」

わかりきったことを訊くな。

「ありがとうございます。ところで、先生は何人ぐらい票をお持ちでございますか」

「そうね、本気になれば凄いんじゃない。あなた、女性の参議院議員の人数知ってる」

「五十六名です」

「偉いわね。外したら頭コツンだったわよ」

高齢とはいえ富士子のキャラは若い。ただし、五十六名は野党議員を含む人数で、民自党所属議員は十七名しかいない。

「私はねえ、政策本位で総裁を決めたりしないの」

「はい」

「なんで決めてるか当ててみる？」

「好き嫌いですか」

「あなた、やるじゃない。レスポンスいい男、昔から大好きだった。背が低いのも可愛くていい」

なんの話だ、婆さん。

「議員、党員あわせて、二十名面倒みてあげようか」

富士子は妖艶な笑みをうかべた。

「お願いいたします」

嬉しくて、つい土下座したくなった。

「ただし、お願いがある」

「はい。おっしゃってください」

「株で、もっと儲けさせてくれない」

「いかほど？」

「私に言わせないで。強欲婆じゃないからね、できるだけ多くお願いしたいわけ」

欲張り婆さん。株屋をまえにするとその人間の本質がもろにでる。圭は丁重に頭をさげ、藤堂邸をあとにした。

6

土曜日の夕方に行われた三回目のタウンミーティングを終え玲子が帰宅すると、圭が珍しくリビングでテレビを見ていた。

「今朝も朝早くから、お出かけだったけど、仕事、それともプライベート？」

以前の圭は土日の休みには自室でゲームに熱中していた。それが最近は外出ばかりしている。

「用があれば外出ぐらいするよ」

「スキャンダルになるようなことだけはやめてね」

真面目な圭とて、全くないとは言い切れない。そもそも外資系トレーダーは花形の職業だ。

「心配してるの？」

圭は腕組みをして言った。動揺している様子はない。

「明日もタウンミーティングがあるんでしょ」

「明日でやっと終わるわ。あとは来週の開票を待つだけ」

タウンミーティングはオンラインなので、視聴者からのチャットが凄まじかった。記者会見や公開討論会では落ちつきを失う場面が目立った元木裕子だったが、タウンミーティングでは彼女の独壇場となった。

国民の声に応える政策討論会だったので、そこで発揮された彼女の安定性とあらゆる分野での知見の深さは際立った。

「明日のテーマは何なの？」

圭が珍しく関心を示した。

「財政再建と金融政策、それに地方創生」

「他候補との違いをみせつけるチャンスじゃない」

よし最後のタウンミーティングだ。ここで存在感を発揮してみよう。玲子は決意をあらたにしたものの、他候補と同じで自分もこの分野に見識というほどのものはない。目玉はないか。肝はなんだ。葛藤していたら、圭が口を開いた。

「財政再建だけどね、税収増加もままならず国債を発行しまくっていたら破産だよ。GDPを増やすしか手立てはない。GDP二位だった日本が中国に追いつかれ、離されたのは人口が違うから仕方ないけど、八千四百万人のドイツに抜かれるのも時間の問題だ。原因はね、ドイツはインフレ、日本はデフレ、それと円安だよ。一ユーロ百四十円に迫っているからね」

こんな話、圭としたことあったっけ。玲子は目を見開き訊いた。

「その話、私、いただいてもいいかしら」

「もちろん。でも続きがある」

圭の顔が真剣味を帯びてきた。

「問題は金融なんだ。日銀が決定することだけど、円安を是正するには金利を上げるしかない。金利を上げ続けると国債の利払いが増え、日銀は破綻する。一般国民は住宅ローン金利上昇に対応するためには、賃上げしてもらうしかない。多くのジレンマをかかえ日銀は悩んでいる。緩やかな金融引き締め策で対応するだろうが、まだ道筋はみえない」

「それぐらいのことなら私もわかってる。問題はその出口戦略でしょ」

玲子は話に割り込んだ。

「まあね」圭は微笑んだ。「例えば、国債じゃなくて、私募債から始めれば、国債のなだらかなランディングが可能になるかもしれない。つまり少数富裕層の私募債に金利をつけて集める」

「それを国がやるわけ？　そんなことできる？」

「現行の日銀法を改正して、日銀が私募債を募る。国債は必ず償還されるが、私募債は金利は払うが償還は日銀と運命を共にしてもらう。分かりやすく言えば、日銀に寄付してもらう」

「なんか、タウンミーティングには受けなそう。これは私にはムリ」

「はは、総理になったら考えることにしようか」

圭の微笑みに接するのは久しぶりだった。


翌日曜日、午前十時に玲子は永田町の総理公邸に山川を訪ねた。山川は退院したが、総理の椅子を数日後には明け渡さねばならない。

秘書官に案内され応接室で待った。

「朝から電話に追われていて、待たせたね」

血色の良い顔に苦笑いが漏れた。

「お休みのところ、申し訳ございません」

手土産にフルーツセットを持参した。

「ありがとう」山川は受け取り言った。「総裁選の話だよね」

「総理にご支援願いたくて参りました」

第四派閥の山川派四十三名は自主投票になっていたが、それは建前に決まっている。水面下で各候補者に割り振っているに違いなかった。閣外の東山翼は考えられないので、石田大樹と元木裕子のふたりに絞られる。玲子の推薦者は飛鳥だから、ふたりの仲を考えると、玲子に山川派の票はこない。

「うちは自主投票にしてるからね、それと私の内閣の閣僚だった三名が立候補している。だから、私見は控えたいと思っている次第です」

なんとも素っ気ない返答であった。頑張んなさいぐらいの社交辞令もないわけか。

「移民促進法案は予算を紐づけて完成し、秋の臨時国会に提出予定でございました。総理からもご理解を得ていたと承知しておりましたが、内閣が替われば、それも立ち消えになるかと存じます」

「そうだね。私が病気で倒れる前の話だ。もう過去の話かもしれないね」

山川の冷たさに玲子は慄然とした。この国の未来を危惧する者同士だと信じていたのに。

「それでは、移民促進法案は諦めざるをえないと。ところでひとつだけ、お聞きしてもよろしいでしょうか」

玲子の心の内から山川への畏敬の念が消えていた。

「総理は無派閥でまだ当選四回の私を少子化対策担当大臣に任命してくださいました。その理由をお聞かせ願えたら、今後の議員活動の励みになります」

「理由は簡明だな。内閣の人気取りに起用したけど、存外君は頑張ったということだね」

紳士面をしたペテン師だったのか。飛鳥が嫌う理由がうなずけた。こんな総理に仕えていたのかと思うと情けなかった。

「今日は、病後の総理にご無理を申し上げ失礼いたしました」

玲子は深々とお辞儀をして公邸をあとにし、議員会館の事務所に向かった。

「玲子先生、ご苦労さまです」

日曜出勤をしていた小栗ひとみが、タウンミーティングをねぎらって言った。

「票読みの現在までの状況につきまして、ご説明します」

金子優斗の顔が紅潮していた。

「ふたりとも、ご苦労さまです。でもね、期待に応えられないかもしれないわね」

山川の冷たい声が玲子の頭の中に残っている。政策担当秘書の川口には、日曜日は家族サービスするように言ってあった。

テーブルに広げられた得票予想は、何通りものシミュレーションと解説が付いていた。

「これ、誰から聞き出したの？」

「すべての関係者から聴取しました。漏れているところがございましたら、先生のほうで修正してください」

飛島の秘書から提供された玲子票の動向には目を見張るものがあった。後援会長の空谷隆夫が集めた党員票。驚いたのは夫の圭の動向であった。

「優斗君、これってあなたが集められる範囲を超えてない」

「その通りです。すべての筋書きは圭さんがお立てになっております。飛島先生の秘書の方は別にして、関係者の動向はすべて圭さんからお聞きしました」

あんなに移民政策に反対していたのに。ずっと票集めのために、様々な人物と会っていたのか。驚愕と恥ずかしさで玲子は胸が熱くなった。

「先生が総理と会われていたときに、圭さんが事務所にみえて、プリントアウトされたこの用紙を置いていかれました。これから会う人がいると、早々に事務所を出られました」

幾通りもの票読みがあったが、スタンダードな予測では、玲子は三位であった。石田大樹二百六十六票、元木裕子二百三十票、松嶋玲子百九十票、東山翼八十票であった。誰も過半数の三百八十四票には届かず、決選投票になる。決選投票は党員票が各都道府県一票の四十七票となり、党員票よりも議員票が勝敗を左右する。

「お昼はカツ丼でも食べようか」

気が付くと十二時を過ぎていた。玲子は今日のタウンミーティングで、二位につけている元木裕子との違いを明確にし、国民の関心をひかなければならない。

「カツ丼、縁起がいいですね。先生ありがとうございます」

優斗が出前の電話をかけた。

カツ丼を頬張りながら、元木裕子との四十票の差について玲子は考える。単純に考えれば、裕子から二十票を取ってくれれば同数になる。接戦に持ち込める。

圭は事務所をでてどこに行ったのだろうか。票集めに奔走してるのだろうか。よし、自分は今夕の最後のタウンミーティングでがんばろう。ここで元木裕子との違いをみせよう。

「民自党選挙管理委員会の山形五郎でございます。本日はオープンタウンミーティング、国民の声に応える政策討論会の最終日となりました。これまでの三回、多くの国民の皆様にネットでご参加いただき、ありがとうございました。本日は日曜日ということもあり、ズームでの出席者百名の方々の他にネット参加者が、なんと五万人もいらっしゃいます。それでは質問を始めさせていただきます」

玲子は笑みを絶やさず背筋を伸ばしズーム出席者をみていた。元木裕子は余裕の笑みをうかべ席についている。

「財政再建について質問させていただきます」

ズーム画面に年配男性が映った。

「借金大国日本は今後どうなるのでしょうか？　国債に依存した国家予算の拡大を続ける日本に明るい未来はあるのでしょうか？」

最初は元木裕子だ。

「現段階におきまして金融引き締めをいたしますとインフレ誘発の懸念があり、また予算に関しましてもさらなる国債の発行で賄わざるをえない負のスパイラルに陥る懸念がございます。当面は金融緩和を継続し、民間投資を喚起する異次元の成長戦略によりまして、国債依存型の予算を脱却させるつもりでございます。一分で申し上げることは難しいですが、『ユウコノミクス』と名付けまして推進する覚悟でございます」

質問に対し、元木裕子は自信が過ぎたのか自分の名前をつけユウコノミクスとぶち上げた。

画面には多くのチャットが飛んできた。

《過去の話などするな》《異次元の成長戦略ってなんだよー》《ユウコノミクスだけはやめてちょ》

数秒で凄まじい数のコメントが流れる。五万人が見ているのだ。

玲子の番がきた。

「財政再建の肝は税収増加に尽きると考えます。そのためにはGDPつまり国内総生産を増やすことこそが肝要だと存じます。ついては現在の人口を維持し、生産性を高める方策としまして先端技術の導入によるデジタル社会の実現をめざします。あえて申せば、『一億総デジタル』により、安心で便利な社会構築をめざしてまいりたいと存じます」

即座にコメントが飛んできた。

《移民だけじゃなかったのか玲子ちゃん》《これぞレイコノミクスだ、がんばれや》《一億総デジタルか、いいじゃん》《イミン玲子さま参上》

石田大樹はふたりとは語り口を変えてきた。

「日本社会を覆っている閉塞感を打破する。この国のシステムをぶち壊すことから始めたい。国家予算の積み上げはやめて、ゼロベースで組み直す。省庁再編を行い、大臣も国会議員も数を減らし、政治をスリム化する。無駄を省き、将来性あるものに投資をふりむける。財政再建は隗《かい》より始めよで断行いたします」

さすがの歯切れの良さである。石田にもコメントが飛ぶ。
《よくぞ言った。これぞ突破者の面目躍如だ》《お前が、総理をやれ。約束は守れ》《口だけにならんよう、気いつけな大樹クン》
最後は東山翼だ。
「財政再建の肝は支出より収入を多くすることに尽きる。いたずらな国債の発行をやめる。それで収まるような予算編成を行う。国民の皆様には辛抱をしてもらう。外貨を稼ぐためにインバウンドを飛躍的に増やす。逆にアウトバウンドは控える。この政策を十年続ければ日本の財政は再建の方向に舵が切れます」
《いいぞ東山、千両役者》《そうなんだよ、外貨を稼ぐしかないのだ》《よくぞ言った東山、見得でもきれー》
最終日のタウンミーティングは大いに盛り上がった。

その夜、圭はリビングでずっと首をぐるぐる回していた。肩こりがひどそうだ。

「今朝、議員会館の事務所に来て、総裁選の票読みをして帰ったと優斗君から聞いたわ。圭の行動を疑ってた自分が恥ずかしい」

玲子の目は涙で潤んでいた。

「でも、圭のアドバイスに応えるタウンミーティングにはならなかった。ごめんね。元木さんとの四十票の差が埋まらない」

「大谷副総理に会った」

意外な人物の名前が出た。圭に大谷との接点なんてあっただろうか。

「よく会えたわね」

玲子は驚いてみせた。

「大学で同期だった里田、覚えてる？　結婚式に友人代表でスピーチしてくれたあいつがさ、今は財務省大臣官房の課長でね。つまり大谷財務大臣の側近で、彼の仲介で会えた」

「懐かしい、彼のスピーチ覚えてる。祝福できない嫉妬のスピーチをしますのでご勘弁ねがいます、で始まったユーモラスな人。里田さん、官僚よりも政治家向きだと思った」

「そうだった、そうだった」

「たしかこんな感じだったわ。花婿はネクラゲーマーですが、世の中は不公平で、ネアカの賢明な花嫁がやってきたのですよ。皆様、どう思われますか」

たしかそこでひと呼吸置き、大袈裟な咳払いをしたように記憶している。

「花婿は年下で背も低く、いつも花嫁を見上げなくてはいけません。夫唱婦随ではなく、逆の婦唱夫随です。妻が言いだして、夫がこれに従う。こんな幸せ者がいますか。おめでとう圭君、玲子さん。大いにやりあって幸福を引き寄せてください」

どうしてこんなに鮮明に覚えているのだろう。里田が玲子に強烈なインパクトを与えたことは間違いない。

「里田、次の衆議院選挙で立候補するつもりだって」

「良い代議士になりそう。人柄もいいしね」

「それはさておき、副総理に玲子さんへの協力をお願いしたよ」

「大谷派は石田さんじゃないの」

「政治家がもっとも嫌うのは冷や飯なんだよ。元木裕子が勝てば大谷派は非主流派になる。大谷は高齢だしね、政治家として最後を飾りたいわけだよ。それで結論を言うと、大谷派五十五名のうち二十名が玲子さんに投票することになった」

これで二百十票。元木裕子の二百三十票まであと二十票だ。

「最後の勝負は空谷後援会長が元木裕子の地盤である第一派閥創新会で友人の島田壮一元大臣を口説いて、十名を玲子さんに投票させる工作をしている。政調会長のポストを希望しているようだ。これは飛鳥の爺様に約束させる」

そうだとしたら、元木裕子と二百二十票で並ぶ。

「この間は、言い過ぎてごめん」

圭が真剣な表情で言った。

「私も」

玲子の中で、もやもやがすっと溶けていった。

第三章　総理誕生

1

夜半から朝方にかけ台風が都内を駆け抜けていた。凄まじい暴風雨が木々に襲いかかり、左右にスイングしている。路面を叩きつける雨がアスファルトに溢れている。

朝八時、マンションの車寄せに降り、待機していた公用車に乗る。

昨日は復帰した山川総理の事実上最後の閣議だったが、進行係の早瀬官房長官は各大臣の所感を聞き出し、山積する課題をてきぱきと処理していった。

「明日は総裁選の投開票日です。今日で私の総理としての役目は終わります。閣僚諸氏のご協力に感謝申し上げます」

味気ない幕切れだった。去っていく権力者の顔にはなんともいえない寂しさが漂っていた。

玲子にとっても、少子化対策担当大臣の椅子に座るのは今日が最後となるかもしれない。元木裕子が総裁になれば、自分の再任の目はない。石田大樹なら、大臣に留任される可能性は残る。だが、いずれにしろ、移民政策に理解のある後ろ盾を得なければ、法案の成立はおぼつかない。

秘書の川口と内閣府を出るころには台風は過ぎ去り、薄日が差していた。党本部に向かい、九階の食堂に行った。名物といわれるビーフカレーが無性に食べたくなったのだ。

隅の席に座ると、カレーのセットを川口が運んできた。報道関係者の視線を浴びながら、玲子は悠然と胡麻ドレッシングのかかったサラダを口にした。たっぷりのコーン入りで、口に甘みが広がる。とろみと辛さが絶妙なカレールウをご飯にかけると幸せな気分になった。これから始まる筋書きのない投開票結果の幻影が一瞬頭から消える。最後にコーヒーでひと息つくと、玲子の肝は据わった。

よし、これから戦いだ。心の中で叫び声がした。

八階の五百名が収容できる大ホールに降りると、議員たちが集まり始めていた。五十音順に投票が行われるため、玲子は後方の席だった。隣の席に参議院議員の松田由美がいた。同年代のタレント出身の議員である。

「いよいよね」

由美が気楽に話しかけてきた。小柄で華奢だが愛嬌があり、さすがに華がある。

「松嶋さん、ちょっと顔が強張《こわば》ってる」

「そうかな」

自分では意識していないつもりだったが、やはり緊張は隠せない。玲子が総裁になるとは誰も思っていないので、由美は気楽に声をかけてくれたのだろう。

午後一時前、会場はシーンと静まりかえり、無駄話が止んだ。壇上の右側に総裁選挙管理委員の面々が着席している。

そして委員長が立ちあがった。

「総裁選挙管理委員長の山本武でございます。総裁選規定に従い、これより総裁選投開票を行います。昨日締め切りました党員票三百八十三票と本日の有効議員数三百八十三票の合計七百六十六票による投票結果によりまして新総裁が選出されます。

なお規定によりまして、過半数に至らなかった場合は、上位二名による決選投票となります。この場合の党員票は各都道府県一票の四十七票になります。議員の方々におかれましては直ちに投票をお願いする次第であります。では、投票を始めさせていただきます」

なんとか二位に食い込みたい。祈るような気持ちだった。

五十音順に議員の名前が読み上げられ投票台で記入し投票箱に入れる。気の遠くなるような時間が流れる。電子投票なら一瞬で終わるのにと囁く自分がいた。記入という方式はもう古い。時間の無駄ではないか。味気なくても結果は早いほうがいいに決まっている。目を閉じそんなことを考えていたら、名前を呼ばれた。

投票台に進み、名前を記入して投票箱に入れる。総裁選を戦った十二日間がほんの数日であったかのような錯覚に陥る。ヤ行の議員がつづき最後のワ行議員で投票が終わった。

票の集計作業がはじまり、会場の張りつめた空気が息苦しい。選挙は蓋を開けてみないとわからない。委員長の手元に集計結果が届き、党の要職を歴任していた委員長の山本武が立ち上がり、マイクを前にした。

「それでは投票結果を発表いたします。議員票につきまして石田大樹候補九十五票、元木裕子候補百四十三票、東山翼候補三十五票、松嶋玲子候補百十票であります」

電光掲示板に数字が入ると会場がざわめいた。玲子の票数が意外だったのだろう。

「凄いじゃない。二位よ」

隣で松田由美が右腕を突《つ》いて言った。

「でも党員票は少ないから……」

玲子がつぶやく。移民促進は、地方の高齢党員には受け入れられていない。

「次に党員票を発表いたします。石田大樹候補百六十二票……」

これで観念した。三位だ。

「元木裕子候補六十七票、東山翼候補五十三票、松嶋玲子候補百一票であります」

結果が電光掲示板に表示される。会場に「おーっ」という驚きとも溜息ともつかぬ声が起こる。空谷会長がこれほど党員票を伸ばしてくれるとは。

石田大樹二百五十七票、松嶋玲子二百十一票、元木裕子二百十票、東山翼八十八票。

「一票差……」

松田由美のうめき声がした。玲子は息ができずに、心臓が一瞬止まった気がした。元木裕子に勝ったのだ。だが、一位の石田大樹との差はかなり開いている。

「この結果を受けまして、石田大樹候補と松嶋玲子候補による決選投票となりました。ただ今から決選投票を行いたいと存じます」

「わたし、松嶋さんに投票するわ」

松田由美の声がした。

それにしても一票差とはなんという皮肉だろう。マ行の列にいた元木裕子は唇をかみしめながら、じっと前方をみつめている。

玲子も平常心ではいられず、決選投票の経過は早く感じられた。あっという間に自分の名前が呼ばれ、玲子は投票台で記入し投票箱に入れた。

投票が締め切られ、集計作業に入った。会場はシーンと静まりかえっている。予想外の展開に議員たちは驚きを隠せないようだ。

「決選投票の結果をご報告いたします。有効議員票三百八十票、都道府県票四十七票、合計四百二十七票でございます」

議員三名が白票にしたようだ。

「議員票につきまして、石田大樹候補百四十八票」

会場がどよめいた。あまりにも少ない。

「松嶋玲子候補二百三十二票。都道府県票は石田大樹候補三十八票、松嶋玲子候補九票でございます。合計では、松嶋玲子候補二百四十一票、石田大樹候補百八十六票。新総裁は松嶋玲子君に決定いたしました」

圧勝だった。短い時間にどんなドラマが議員たちを突き動かしたというのか。決選投票になった場合のシナリオはすでに出来ていたのか。玲子はただただ、この結果を受け入れるしかなかった。白いスーツ姿の玲子は席を立ち、会場の左右に頭を下げる。

盛大な拍手が鳴りやまない。まるでクラシックコンサートのマエストロみたいだった。

第一派閥創新会の票がごっそりきたとでもいうのだろうか。山川派の票は石田に回っているはずだ。大谷派にも玲子に入れた議員がいたのか。頭の中で票の分析がやめられなかった。

両院議員総会を終えると、すぐに副総裁室に直行した。

「感謝申し上げます。ありがとうございました」

玲子は、深々と頭を下げた。

「座りなさい。もう総裁なんだから、みだりに頭など下げないことだ」

飛島の声音には驚きも感激もない。当然だという素振りをしている。

「二位に滑り込めれば上出来とばかり考えておりましたものですから、正直戸惑っております。すぐさま、党三役人事に取りかからなければなりません」

玲子の頭の中は今後の日程でいっぱいになっていた。四時からは総裁記者会見が始まる。

「ところでだね、幹事長は誰にするつもりかね」

「はい。飛島先生にお願いできればと考えております」

「わかった、引き受けよう。その他、党役員人事はあとで連絡するということで、どうかね」

「党の人事につきましては、先生にお任せいたします」

「そうしてもらえればありがたい」

飛島は口を尖らせる得意のポーズで応じた。

「最後に、先生にお聞きしておきたいことがあります。よろしいでしょうか」

「かまわんよ」

「一回目の投票もそうだったのですが、増えた議員票はどの派閥からきたのでしょうか。決選投票では雪崩《なだれ》を打つように票が倍増しました。お心あたりはございますか」

「冷や飯を食いたくない連中の仕業じゃないかね。終わったことを詮索するより、組閣人事でも考えなさい」

海千山千の爺様にいなされてしまった。

副総裁室をあとにした玲子は秘書の川口と合流して、党本部にある記者会見場にむかった。

「ただ今から、松嶋新総裁の記者会見を始めさせていただきます。各社とも質問は一問だけでお願いいいたします。それでは冒頭、松嶋新総裁からご挨拶がございます」

進行係に促され、玲子がマイクの前に進んだ。

「このたび民自党総裁に選ばれました松嶋玲子でございます。党のため全身全霊、誠心誠意尽くす所存でございます。また国民の皆様には党としてできることは惜しみなく実行いたす所存でございます。なにとぞご協力ご理解のほどよろしくお願い申し上げます」

進行係が報道関係者を指名した。

「東日テレビの伊藤です。総裁就任おめでとうございます。松嶋総裁は現在少子化対策担当大臣でもあり、数日後には総理大臣になられる可能性が高いわけですが、移民促進を公約に掲げられるおつもりかどうか、お尋ねします」

総裁に指名されたとはいえ、まだ総理ではない。今までと違い、軽々しいことは言えない。すぐに揚げ足をとられ、都合よく切り取られ記事にされる。ネットではすぐさま「移民総理」と揶揄《やゆ》されるに決まっている。ここは慎重に回答すべきだ。

「移民促進法案につきましては党内でも議論の最中でございまして、わたくしとしましても、それらを総合的に勘案し、将来の国家国民のためになると判断した時点で皆様にお示しできればと思います」

官僚が書いた作文のような答弁になった。

「毎朝新聞の堺です。党三役人事についてお尋ねします。総裁には大変失礼なことを申し上げますが、戦前の予想に反した今回の総裁選につきまして、早くも密約説が取り沙汰されております。これにより長老支配に逆戻りするのではないかと危惧している次第です」

「アメリカ大統領は八十歳を超えておられます。若さは美徳ではございません。つまり役職者の資質が問われるのでありまして、年齢を問題にするのは差別でございます。従いまして、党三役人事等につきましても、適材適所で任命する所存でございます」

キャスター時代からしみ込んでいる偏見への防御本能が発揮された。

会見を終えた玲子が向かった先は、大谷副総理がいる財務大臣室だった。

「おめでとう。日本初の女性総理大臣誕生だな」

大谷が満面の笑みで手を差し出した。力強い握手だった。

「十年前を思い出したよ。俺が強引に選挙に担ぎだしたときから、このドラマは始まった」

「大谷先生のおかげです。ありがとうございました。今回も応援いただき感謝の言葉もございません」

「しかし、一票差とは驚いた。玲子総裁は運を味方にできる御仁だ。これで我が党にも新風が吹くといいのだがね」

危惧の交じる微妙な言い回しだった。もっとも政界は一寸先が闇なのだ。その行く末など誰にもわからない。

「人事につきましては、また後ほどご相談させていただきます。ご指導いただくことが多くなるかと存じますが、よろしくお願いいたします」

玲子は大谷を立てるつもりで言った。

「大臣はもういい。飽きた。党務に戻してくれないか」

「幹事長でしょうか」

「幹事長は飛島だろ。俺は副総裁でいいよ。もう歳だし気楽にやらせてくれ」

「わかりました。飛島先生とご一緒に党をお支え下さい」

「君は内閣に全力を注ぎなさい。甘くはないからね」

大谷と別れて、向かった先は元木裕子の経産大臣室だった。公用車の中で、同行していた秘書の川口が囁いた。

「元木先生はご機嫌斜めなんじゃないですかね。秘書を通じて面会の約束はとれていますが」

「遺恨を残してはダメ。先々のこともあるし、抵抗勢力にでもなられたら、厄介じゃない」

「なにかポストでも用意されるおつもりですか?」

「有力派閥のボスふたりが党務に専念したいと言ってるのよ。組閣本部を仕切る官房長官を早急に決めないと」

経産省の大臣室のドアが開く。

「就任挨拶かしら?」

さっそく元木裕子の皮肉が飛んできた。

「私の一票が元木先生に投票されていれば、逆の立場になっておりました」

玲子は冷静に返した。逆の立場だったら玲子だって悔しい。

「あなた、なんか汚いことでもしたんじゃない。長老たちを懐柔したとか、お金を配ったとか……」

「ひどいおっしゃりかたですね。元木先生らしくない」

「先生はやめてくれないかしら。若い人に言われるとバカにされてるみたい。まあお手並み拝見とさせてもらうわ」

玲子はぐっとこらえた。つい学生時代のことが思い起こされた。

横浜の女子校時代、周囲に推されて生徒会長に立候補した。制服のスカートの丈が長くてダサかったから、選挙では「スカートの丈を短くします」というワンフレーズの公約を掲げた。これが受けて当選したのだ。

会長になったら、本命視されていた相手グループからのイジメが始まった。

雨の日に靴を隠されスリッパで帰宅したり、弁当箱にミミズを入れられたこともある。生徒会長主催の学校行事も、常にそのグループにはガン無視されたが、玲子は挫けなかった。

「先生、いや元木さんにお願いがございます」

玲子は次の言葉をためらっていた。

「私に協力しろとおっしゃりにいらしたのよね」

元木裕子に先回りされた。

「はい」

「ポストは何？」

値踏みするような目つきだ。

「経産大臣に留任していただきたく……」

「幹事長か、外務大臣なら、考えてもいいわよ」

「それならば、少しお時間をいただけますか」

「これだけは言っておくわ。私は民族主義者だから移民には反対よ」

元木裕子は薄笑いを浮かべて言った。

次に向かったのは総務省だった。大臣室のドアを開けた途端、石田大臣が笑顔で手を差し伸べてきた。

「総裁就任、おめでとう」

ソファに座るやいなや、石田が総裁選の話を始めた。

「完敗だ。脱帽するしかない。今はそんな心境です」

「私も正直、驚いています」

「自分が党内で支持されていないことを思い知らされた。いやー、降参です」

石田はさばさばしていた。

「石田先生には、引き続き閣内でご協力いただきたく存じます」

「外務大臣、やらせてくれないかな。混迷する国際情勢に身を投じ、国益を守り抜くために、粉骨砕身やりますよ」

再度、握手をして総務省を後にした。

第二議員会館にもどると、秘書が待つ自室ではなく、隣の事務所のドアを開けた。

「お疲れ！　やったね」

東山翼の笑顔が弾けた。

「決選投票では応援いただき、ありがとうございました」

「第一回投票の一票差、決選投票の大差。正直どれも驚きだった。持ってるね、玲子さんは」

「一番、不思議に思っているのは私かも……驚きの展開だった」

「持ってる人って、皆そういう風に言うけどどね。だけど正直なところ、これからの方が大変なんじゃないか」

東山がずばり言った。

「翼君に官房長官を引き受けてほしい」

玲子は真剣な表情で言った。

「それは光栄だけど、多分、爺様たちが許さないと思う」

「どうして？」

「これを言っちゃお終いだけど、あえて言うよ。あの人たち玲子さんをお神輿《みこし》にするつもりだから」

2

昨夜から日経平均株価は上昇をつづけていた。日本初の女性の総理総裁誕生を、市場は好感したのだった。

ゴールドストーンのディーリンググルームでも早朝から熱を帯びた打ち合わせが各チームで行われていた。とりわけ浜田圭率いるチームのテンションは高かった。

「今朝の各紙は一面から凄かったですね。まさに松嶋玲子特集じゃないですか。前場から松嶋銘柄の気配で市場は盛り上がりますよ」

高倉壮が平凡な解説をした。そんな単純な相場にはならないと窘《たしな》めようとしたが、圭は社内で玲子の話をしたくないので、何も言わなかった。

提灯をつける相場に興味はなかった。空売り相場・銘柄のほうが面白いし、利幅も大きい。今回も明らかに後場で空売りする方が儲かるだろう。しかし、妻を弄ぶような相場に参加するのは、若干気が引けた。

昨夜遅く、帰宅した玲子と話をした。想定外の総裁選勝利に、玲子が弱音を吐いた。初挑戦で手にした荷はあまりにも重かったのかもしれない。

政治キャリアも浅く、支えてくれる派閥もない、独りぼっちのトップ。不安ばかりが募ってくると内心を吐露した。最後に、元木裕子には冷たくあしらわれた。抵抗勢力になりそうだと吐き捨てた。

「それでふたりの爺様はなんて言ってるの」

飛鳥と大谷のことだ。

「党務に専念したいって。飛鳥幹事長、大谷副総裁で決まりだわ」

明らかに玲子を傀儡《かいらい》政権にしようとしている。

元木裕子では思い通りにはならない。石田大樹は何をするかわからない。ふたりにとって玲子は都合の良い総理であったのだ。

それに玲子は移民促進という、長老ふたりにとってはどうでもいいことを公約に掲げている。それと日本人は初物に味方しやすい。女性初、最年少、キャスター議員などなど、話題にも事欠かない。

「爺様はやる気満々だね。ところで要の官房長官はどうするつもり？」

「東山翼さんにお願いしようと思ってる」

「言いたいこと言う官房長官、新鮮かもね」

だが圭には、若い東山に閣議を仕切れるとは思えなかった。

「次の候補は？」

「大谷派の竹山紘一さんかな」

現厚労大臣である。五十代半ばの元官僚で将来を嘱望《しょくぼう》されている人物だ。あえて何も言わなかった。閣僚人事が玲子の思い通りになるとは思えなかったからである。

それにしても総裁選は壺にはまった。一票差は玲子の運の強さと言うしかない。一回目の党員票百一票は空谷後援会長の地方票八十票のおかげだ。議員票百十票は大谷派から二十票、第一派閥から切り崩した島田壮一の十票がもろに影響した。

決選投票の結果は圭にとっても意外だった。石田大樹の不人気もあるだろうが、元木裕子に入れていた議員がみな玲子に流れたのだろう。積極的に玲子に投票したわけではなく、消去法によるものだ。来るべき総選挙で、玲子と一緒にポスターに写れば有利に働くという心理があったかもしれない。


圭は大きく深呼吸をして言った。

「後場から空売りを仕掛けて」

前場の日経平均は予想を超える上昇で始まった。株の世界は三か月後、半年後を見越して動く。素人は目先の動きに一喜一憂する。それが楽しいのだ。単純な予測はドーパミンが増えて気持ちが良くなる。

ディーリングルームの電光掲示板に党役員人事固まると表示された。

副総裁・大谷英介、幹事長・飛島太一、政調会長・島田壮一、総務会長・石田大樹、選挙対策委員長・東山翼。

昨夜、玲子は東山を官房長官に任命したいと言っていた。石田大樹は外務大臣をやりたいと言っていたはずだ。やばい。総裁外しがすでに始まっている。

今度は閣僚人事で何か手を打たなければ、玲子は看板だけの総理にされてしまう。圭は慣れたもので相場を自在に操りながら、玲子のことばかり考えていた。

後場になり、相場はだだ下がり状態になった。前場の勢いが止まったのだ。市場は松嶋総理を買いとは判断していない。むしろ、これからの混乱を見透かすように午後二時半をすぎてから売りが殺到してきた。日経平均は前場から七百円も下げて取引を終えた。

「的中です。大儲けですよ」

高倉が嬉しそうに圭に報告にきた。単純な奴だ、この手の新入社員は一年後には自信をなくし会社を辞める。相場の世界で生き抜くにはしたたかな頑固さが必須だ。

「良かったね。がんばって」

圭はディーリングルームをでた。相場は部下に任せ、様々な情報を収集するために関係者と会うのも圭の重要な仕事だ。

そんな一人が玲子の後援会長の空谷隆夫だった。品川にある空谷の会社に出向くと、会長室に通された。

「おめでとう。奥さんが日本初の女性総理か」

空谷が満面の笑みで迎えてくれた。

「ありがとうございます。この度は並々ならぬお世話になり、感謝の言葉もございません」

頭をさげ会長室のソファに座った。

「いやー、後援会としても総理就任パーティーを開催したいと思っていてね、準備にとりかかったところだよ」

自分の娘を嫁にでも出すような喜びぶりであった。それに水を差したくはなかったが、気がかりを口にしないわけにはいかなかった。

「会長、折り入ってご相談がございます」

空谷の顔がくもった。

「なにか困ったことでも起きましたか？」

「先ほど報道された党役員人事について、会長のご意見をお伺いしてもよろしいでしょうか」

「論功行賞人事じゃないのかね。政調会長になれて島田壮一は喜んでいたよ」

「はい、ただこの布陣、何か匂いませんか」

「ディーラーの先読みというやつだな」空谷が圭を引き合いに出して言った。「そうだね、総選挙に備えた布陣を敷いたのだろう」

「やはり、そう思われますか」

圭は深くうなずいた。

「山川総理に人気がなかったから、女性総理で巻き返すつもりじゃないのかね」

だがその内閣で玲子を支えてくれる人物が思い当たらない。玲子に肩入れしてくれた男たちはみな党務についたのだ。

「じつは会長にお願いがあって参りました」

圭は日頃の茶目っ気を隠し、空谷の目を見据えた。

「会長に入閣をお願いしたいのです」

空谷は目を見開いて答えた。

「それは、玲子君の要請かね」

「民間人閣僚として、内閣で玲子を支えてやってほしいのです。玲子には腹心の人物がいません」

玲子の苦悩する姿が圭にはみえる。彼女が袋叩きにあうのは嫌だ。自分が叩かれるよりも辛い。

「年寄りの私に、いまさら何をやらせたいのかね」

「デジタル大臣をお願いできませんか。省庁を串刺しにして改革願いたいのです。一億総デジタルを実現して欲しいのです」

空谷は沈黙した。いろいろな考えを思いめぐらしている顔だ。

「もしもだ、私がデジタル大臣をやったと仮定して、新設の移民促進担当は誰になる」

本来、玲子に聞くべきことを、あえて圭に振ってきた。

「内閣府特命担当大臣ですから、デジタル大臣が兼務できます」

「無茶だ。政治の素人を大臣に担ぎ上げ、さらに兼務まで要請するというのか」

「適任だと僕は思うのですが」

「……たしかに、デジタル人材に関しても外国人獲得は国家プロジェクトで推進すべきだ。ぼやぼやしていると日本を素通りされてしまう。いや、もうそれは現実に起こっている。たしかに、移民促進担当とリンクするな」

「ありがとうございます。その旨、玲子に伝えてよろしいでしょうか」

「可能ならね。私だって、国家に尽くしたいという気概はある」

満更でもないという顔をして、空谷は微笑んだ。

空谷の会社を出ると五時を過ぎていた。今日中にどうしても会っておかなくてはならない人物がもう一人いた。

相手は初め忙しそうなそぶりをしたが、株で儲けが出たと言うとすぐに態度を変えた。指定された銀座の鉄板焼き店に行った。ジジイのくせに肉の好きな御仁である。

飛島は珍しく先に来ていた。

「いくら儲かった」

「二千万ばかり」

「今日一日でか？」

「信用売りでレバレッジをかけましたので……」

「そういえば、後場後半からえらく下げたな。下がるのを見越したのか」

「松嶋内閣が人事でゴタゴタするのを市場は嫌気したのではありませんかね」

圭が皮肉を吐いた。

「うむ」飛島は唸った。「儂を脅しにきたのか」

幹事長になると、態度が変わるものだ。

「いえ、お願いに参りました」

「なんだ」

「官房長官と民間人起用につきまして、幹事長のご意見をお伺いできますでしょうか」

総理大臣の夫として腹をくくるときがきた。

「官房長官はベテラン議員に仕切らせようと考えている」

「玲子は東山さんにお願いしたいと申しておりましたが」

「東山は選対に決まった。いまさら、人事は取り消せないだろう」

もともとその気もないくせに、堂々とのたまう。

内閣官房は内閣のあらゆる事務を担当し、約七百名からなる組織で、官房長官は総理の右腕でありサポート役でもある。

「総裁選で選挙管理委員長をやった山本武にやってもらう。若い総理を支えるのはベテランがいい」

山本武、圭の記憶が起動する。当選十回、官僚出身で様々な大臣を経験している齢《よわい》七十二。玲子との年齢差三十歳。経験、見識ともに文句のつけようがない実力派議員ではある。これではどっちが総理かわからない。

「さっき総裁に打診したところだ」

「それで、返答はどうでした」

「わかりました、との返事だ」

どっちが総理かわかったものではない。

「内閣はベテラン議員で固めるつもりだ」

話がどんどん進んでいる。

二百グラムのステーキをペロリと平らげ飛島は店から出ていった。

圭は複雑な気持ちを抱えたまま、夕闇せまる銀座を歩いた。

3

朝から照りつける強烈な太陽で、ベイブリッジが光り輝いて見えた。玲子にとって生涯に二度とないであろうと思われる一日の始まりだ。

前日に秘書の小栗ひとみから渡された今日一日のスケジュールに目を通し憂鬱になった。トップに立つ、それもこの国のトップ。

迎えの公用車に乗った途端、なぜかまた女子校時代の記憶が蘇ってきた。

横浜にある中高一貫の女子校時代、中学での部活はバスケットボール部だった。休憩時間にうとうとしていたら、後ろからロングの髪をハサミで切られた。それも三分の一ほど。バスケに髪が邪魔だから切ってあげたと相手は平然と言った。それ以来、髪型はボブになった。

生徒会長になると、リーダーシップや交渉スキルにコミュニケーション能力が問われた。だが気がつくと、協力者になってもらうつもりだった仲間が去っていた。すべてが本命視されていた相手候補の嫌がらせだった。それでも玲子は頑張り、それを見て協力者が現れた。

今まさにそれと似たようなことが起きようとしている。移民促進という公約を掲げて総裁選に立候補した。スカートの丈とは違うが、単一公約という点では似ている。

そして予想を覆し総裁選に勝利した。だが難題解決のための右腕となる官房長官は、ほとんど面識もない山本武なのだ。

そんなことを思い出していたら総理官邸に着いた。九時から山川内閣最後の臨時閣議が開かれ、閣僚の辞表が取りまとめられる。午後には国会で首班指名が行われる。長い一日のはじまりである。

応接室に集まった閣僚たちに笑顔はなく、玲子は自分に注がれる厳しい視線に晒された。この内閣の末席にいる自分が、明日から中央の席にすわる。

総理の山川から玲子への言葉はなく、重要閣僚たちと最後の挨拶をしていた。

「ただ今から、臨時閣議を開催いたします。まず、臨時閣議案件について菅原官房副長官からご説明申し上げます」

閣議室に移動すると早瀬官房長官が進行した。

「まず、内閣総辞職について、ご決定をお願いいたします。次に、内閣総理大臣談話を朗読いたします」

菅原副長官が山川の談話を読み上げた。山川内閣発足から今日まで取り組んできた成果を披露する。

「次に、準備のための人事案件について、申し上げます。まず、新内閣総理大臣を任命することについて、内閣の助言と承認のご決定をお願いいたします。なお、内閣総理大臣に任命される者の氏名は空欄とし、衆議院議長からの首班指名の奏上書の送付を待って、書き入れることといたします」

円卓の末席にいた玲子は、奏上書に自分の名前が書き入れられることを知った。

「これをもちまして臨時閣議を終了いたします。引き続き、閣僚懇談会を開催いたします」

全員無言であった。所要時間二十分。山川内閣が終わり、松嶋内閣が事実上誕生した瞬間だった。

最後に全閣僚が山川と握手をして閣議室をあとにした。なぜか玲子は最後だった。握力の弱い形式的な握手のあと、「頑張って下さい」と山川に言われた。

「ありがとうございます」

返す言葉に感情がこもらなかった。

それから玲子は党本部に向かった。飛島幹事長を中心に党役員の面々がそろっていた。大谷副総裁、島田政調会長、石田総務会長、東山選対委員長。官房長官が内定していた山本武が事務局長になっていた。

「総裁がお見えになったので、ただ今から党役員会を始めさせていただきます。最初に松嶋総裁からご挨拶をたまわります」

山本の進行ではじまった。

「この短期間で、無事組閣を完了いただきましたことに感謝申し上げます。閣僚候補の皆様の身体検査を始めとする身辺調査に要した労力に敬意を表します。松嶋内閣が誕生しましたら、この国のために、国民の皆様のために全身全霊を捧げる覚悟でございます。今後ともよろしくお願い申し上げます」

「総裁から心強いお言葉をいただきましたが、閣僚人事につき、異存はございませんか」

山本が念を押した。

「異議なし」

飛島幹事長が賛同した。

「これをもちまして事実上の組閣本部の役目を終えます。なお、衆参両院議員による首班指名選挙に関しましては、松嶋総理誕生にむけ党員一丸で投票を願いたく、よろしくお願いいたします」

玲子は党本部を出ると国会議事堂内にある総裁室にむかった。秘書の小栗ひとみと金子優斗が待っていた。

「いよいよ、首班指名ですよ、先生」

ひとみの笑顔が弾けた。

「これから深夜まで長い一日になるわね。ところで、あなたたちお腹空かない」

紺のスーツでビシッときめていたが、ほっとしたのか急に空腹を覚えた。

「今日は、牛肉弁当を用意しております」

「ありがとう。三つあるの？」

「はい、私たちもいただきます」

優斗が申し訳なさそうに言った。

形式的な出来レースの選挙とはいえ、徐々に高まる総理への重圧に緊張感が増していく。

午後一時、召集された臨時国会で衆議院議員による首班指名選挙が行われた。恒例である各党首そろい踏みの指名選挙である。議場に勢揃いした衆院議員の投票総数四百六十五票。過半数は二百三十三票である。各議員が壇上に上がり投票を済ませ、投票数の集計が始まる。

その結果が衆議院議長に届けられ、電光掲示板に表示される。

「松嶋候補が過半数の三百十二票を獲得されました。これにより松嶋玲子君が首相に指名されました。これにて散会いたします」

議長の声が議場に響いた。

玲子は起立し、四方に頭を下げた。拍手が鳴り響いた。わかっていたこととはいえ、正式に決まると胸が高鳴った。

議場を出ると国会内での記者会見が待っていた。記者たちの質問も祝福ムードで、ここは突っ込んだ質問をする記者もおらず、無事に会見を終えた。

国会議事堂から党本部に移動し、正式に党役員人事を発表し、飛島太一を組閣本部長に任命した。すぐさま黒いドレスに着替え、宮中にて天皇陛下に拝謁し、内閣総理大臣としての任命を受ける親任式に臨んだ。

すぐに総理官邸にもどると、山本が閣僚名簿を発表した。

「松嶋内閣の閣僚名簿を発表します。内閣総理大臣　松嶋玲子」

やっとここまで漕ぎつけたという実感が湧いてくる。閣僚はほとんどが各派閥の順送りで、初入閣者も少なくなかった。

意外だったのは最大派閥創新会を考慮したのか、元木裕子が再入閣したことだった。

「経済産業大臣　元木裕子　留任」

「総務大臣　松嶋玲子　兼務」

「デジタル大臣兼内閣府特命担当大臣移民促進担当　空谷隆夫　民間」

玲子が人事介入できたのは、空谷と自身が兼務する総務大臣だけであった。爺様たちはデジタル大臣などに興味はなく、誰でも良かったのだろう。

空谷が移民促進担当を兼務することについても、誰も反対しなかった。それなら党内も丸く収まると考えたのかもしれない。玲子の総務大臣兼務も以前副大臣の経験があり、問題にならなかった。

そして官邸にもどり、各省大臣、各庁長官の辞令交付と息つく暇もないスケジュールをこなした。

官邸階段にて恒例の記念撮影が行われたときには午後九時を過ぎていた。その後に各大臣は省庁に初登庁する。玲子も執務室の総理大臣の椅子に座り、ひと息ついた。凄まじく忙しい一日がフラッシュバックして脳裏をかけめぐる。

「お疲れさまでした」

政策秘書の川口が労をねぎらって言った。時計をみると午後十一時を過ぎている。来週には所信表明演説を行うことになる。川口に各省庁と連携調整させ、演説の素案作りを急がねばならない。時間は切迫していた。

「あなたも疲れたでしょう。早く帰って休みましょう。車をお願いします」

官邸から総理専用車で玲子はお台場のマンションに帰宅した。リビングのドアを開けると圭がいた。

「おめでとう、玲子さん」

「ありがとう、圭」

休日のたびに家を空ける圭を疑った自分を恥じた。圭こそが総裁選の参謀だった。そんなことをおくびにも出さない彼に、玲子は目頭が熱くなった。嫌なことがすべて頭から消えていく。

そのとき、玲子の携帯が鳴った。画面に飛島太一と表示された。

「飛島だ。いま大丈夫かね」

もう深夜である。いやな予感がした。

「官房長官の山本からさきほど電話があった。法務大臣の遠藤が週刊誌にやられた。明後日発売だそうだ」

「何があったのですか」

玲子は動揺して問い返した。

「就任したばかりの法務大臣が不倫だ」

あれほど念を押したのに、身体検査はしたのだろうか。腹が立ってきた。

「不倫と言われても、昔の話ですか、それとも最近？」

「詳しいことはわからんのだが、証拠写真を撮られているようだ」

「わかりました。明日、お話ししましょう」

玲子は冷静になり、幹事長があわてふためく話でもないだろうと、考え直した。

「それでだ、明日の夕方、料亭『室井』でだね、総理就任祝賀をやることになった」

不倫の話と祝賀、とってつけたような話だ。

「メンバーはどなたでしょうか」

「大谷と官房長官と儂だが、不満かね」

「いえ、喜んでお伺いいたします」

電話は切れた。

「キナ臭そうな話だね、玲子さん」

山川が倒れた料亭である。そのときのメンバーと変わらない。玲子が山川に代わり、官房長官も早瀬から山本になったが、2トップは同じなのだ。

「腹黒い爺様よね」

「でも、総理にしてくれた爺様でもあるんだよね」

圭が複雑そうな表情で呟いた。

4

午前中から夕方まで、まず各国首脳や国際機関のトップと英語で電話会談をこなし、その合間に記者会見やインタビュー、主要大臣との懇談に明け暮れた。疲れ果てて、料亭「室井」に行くと、三人が席で待っていた。

「山川が辞める直前にも、ふたり更迭したからな」

日本酒を口に運びながら飛島が口火を切った。

そのふたりとも飛島派と大谷派のくせに。まるで山川前総理のせいであるかのような言いぐさだ。

「今回はまずいだろう。愛人ならともかく、完全に金絡みだもんなあ」

大谷がにやにやしながら追随した。テーブルの上には、発売前の週刊誌の記事のコピーが置いてあった。三人はすでに読んでいたのだろう。玲子も記事に目を通した。

「いかがいたしますか？」

官房長官の山本が、玲子にではなくふたりに訊いた。席は玲子と山本、飛島と大谷が対面していた。

「どうする？　新総理」

飛島がニヤリとした。

相手の女性の証言もあるのだから、更迭しかないと思ったがあえて沈黙した。

「明日の定例記者会見でどう答えるつもりだ、官房長官」

自分で指名したくせに飛島が山本をいじった。

「法務大臣に事実関係を確認します、と返答するだけです」

さすが官僚出身のベテラン議員だ。あとは総理のご判断というわけである。

「初の女性総理誕生というめでたい船出にケチをつけやがって」

大谷がわざとらしく渋面をつくって言った。

玲子もこれ以上黙っているわけにはいかなかった。

「辞任でいいでしょう」

「簡単に言うじゃないか」

飛島が凄んだ。

「まえのふたりの大臣も辞めさせましたよね」

「あれは政権末期だったからなあ」

大谷がわけのわからない理屈をこねた。

「いい考えが浮かんだぞ」

飛島が大谷をフォローするように言う。

玲子は飛島に鋭い視線を投げた。

「臨時国会冒頭に解散に打って出るというのはどうだ」

「え、たかが大臣の女性問題で、内閣を解散するなんて、大義の欠片《かけら》もないですよ」

明らかに今夜の会合は仕組まれている。

「なにが大義だ。解散に大義など必要ない。他にも理屈はいくらでもつけられる」

「おっしゃって下さい」

「移民促進法案で信を問えばいいだろう」

「それは、まだ信を問える段階ではありません」

「じゃあ、野党の格好の餌食になり、予算審議どころじゃなくなってもいいのか」

大谷が割って入った。

「この問題が長引くのは困りますね、総理」

官房長官の山本まで味方につけている。

「十分な身体検査をしないから、こういう事態を招いたのじゃありませんか」

「総理が他人事《ひとごと》みたいな発言をしてはいかん。完璧な身体検査などあるわけないだろう。いずれにしろ、任命責任が問われるのは、総理あんただ」

飛島は執拗だった。

自分を総理に担ぎ上げた魂胆がみえてきた。神輿は軽い方が担ぎやすいというわけだ。

「法務大臣は山川派ですから、派閥政治の常道に従うなら、前総理にお伺いを立てるのが筋ではありませんか」

玲子は反撃した。

「山川に相談してもごちゃごちゃ言うだけだから、やめたほうがいい。総理が決めればすむだろう。それに女性として許しがたいとか言えば、内閣支持率も上がる」

大谷の狙いはどこにあるのか、しきりに飛島をフォローする。

非公式ではあったが内閣支持率は五〇％を超えたあたりだった。

日本初の女性総理にしては高くない数字である。支持理由のトップは女性初の総理だからで、不支持は政策に期待できない、リーダーシップに欠けるなどだった。

「わかりました。更迭します。これで冒頭解散の話はなかったことにしてください」

「あんたなあ、派閥を舐めてないか。山川に仁義ぐらいは切っておけ」

飛島の口調が乱暴になってきた。酒がまわっているだけではない。目がすわっている。

「わかりました。明日にでも山川前総理をお呼びし、説明いたします」

「いずれにしても解散は早い方がいい。どの内閣もそうだ、支持率が徐々に下がり、気づいたときは三〇％を割り、追い込まれ解散して大敗する。ここにいる大谷もそうだったじゃないか」

「あれは運が悪かっただけだ。要は裏切り者を出さないことだ」

大谷がわけのわからない屁理屈をならべて自らを弁護した。

その大谷の誘いで代議士になり、飛島に担がれ総理になった自分が今度は責められる側になってきた。

皮肉なめぐりあわせは政治の世界だけの話ではない。東西テレビに入社し、二十代後半でモーニングエコノミーのキャスターに抜擢された。男性上司に色目をつかったとか、背の高い女性が早朝に現れるとうざくて朝飯がまずくなるとか、夜の番組に早く行けとか、いろいろな声が耳に入ってきた。

極めつきは、番組仲間との飲み会で、男性キャスターが玲子に覆いかぶさって杯を重ねる瞬間を携帯電話のカメラで撮られたことだ。後日、週刊誌にその写真が出て、男女の仲を噂された。玲子を妬む裏切り者がいたのだ。番組出演は続いたが、そんな話は枚挙にいとまがなく、そんな折に衆議院議員への転身の話が舞い込んできたのだった。

「民衆は飽きっぽいものです。新規上場株と同じで、ちょっとしたきっかけで人気が落ち、右肩下がりに下落していきますよ」

　黙って聞いていた官房長官の山本が株に喩えて同調した。

「移民促進法が成立した後ならば、解散を考えさせていただきます」

　日本酒を飲み干して、玲子が言った。なんとかこの場を逃れなければ。

「そんな法律、いつ成立するかわかったものではない。国民は反対してるし、野党はここぞとばかりに国民の所得増を優先させろと勢いづくにきまっている。内閣支持率が五〇％ならば、解散しても現有議席を割ることはない。三〇％を切って解散すると大敗する」

　飛鳥が説教めいた口調で言った。不愉快きわまる酒席になった。総理就任祝いとか乗せられてのこのこやってきた自分が甘かった。

　玲子は手酌で飲み続けた。

「おい、女がそんな飲み方するな、みっともない」

「幹事長の役目は総裁を支えることじゃないんですか」

　玲子はつい、やけくそ気味に啖呵を切った。

「だから親切に解散を勧めてやってるんじゃないか。あんたに、損なことでもあるのか。負けない戦をやろうと言ってる、それのどこが不満なんだ」

　この調子では今夜中に終わりそうもない。早くお開きにしたかった。

「わかりました。考えさせてください。一両日中にはご返事いたします」

玲子は席を立った。

「おい、逃げるのか」

飛島の声が追いかけてくる。この三人を敵にまわすと、必ずあとでしっぺ返しを食う。玲子は思い直した。

「いえ、トイレに参ります」

やっと地獄のような会食から解放されて、総理専用車で帰宅すると十時を過ぎていた。それにしても飛島の爺様が急に横柄になったのには驚いた。手の平を返すとはよく言ったものだ。

圭はまだ帰宅してはいなかった。シャワーを浴びてから、バスタブに浸かった。

人生の歯車はちょっとしたことで狂う。自分が総理になるなど、考えてもいなかった。だが、なったからには、爺様たちの思うようにはさせない。

バスルームから出ると、圭が帰っていた。

「それで、今夜の会合はどうだったの？」

圭の声が優しく聞こえた。玲子の耳には飛島のだみ声が残っている。

「臨時国会の冒頭で解散しろって」

「へえ」

圭がにやりと笑った。

「無茶苦茶でしょ」

つい、外ではみせないほっぺを膨らませる不満のしぐさがでた。

「そうかなあ。チャンスかもしれないよ」

意外なことに、圭が両手を広げて微笑んだ。

「チャンスって、どういう意味？」

「玲子さんにとって、好都合ということさ」

5

翌日、総理官邸で山川と対峙した。この間まで、この関係は逆だった。玲子が山川に呼び出され、移民促進法案の骨子について説明すると、山川は時折相槌をうちながら聞いていたものだ。

「総理、お元気そうで良かったです」

総理執務室のソファで笑顔の玲子が言った。

「そうでもないよ」

山川は渋い顔をしていたが、言葉遣いは柔らかかった。

「その総理という呼び方、やめてくれませんか。バカにされているようで正直、不愉快だ」

「すみません、つい。まだ実感がなくて」

玲子は低姿勢に出た。

「遠藤の進退については、総理のご判断にまかせます。それで、よろしいですか」

山川はあっけなく言った。

「それでは申し訳ありませんが、辞任の記者会見をさせて下さい」

「しかし、前代未聞だね。二日前に陛下から認証されたばかりの大臣の首が飛ぶなんて」

「法務大臣として不適格だったのでしょう」

山川はこんな皮肉ばかり吐く男だっただろうか。

「これから何人の大臣の首が飛ぶのか見物だ」

山川は薄ら笑いを浮かべている。

「それ、どういう意味ですか」

「深い意味などないよ。女性は怖いって話」

山川はニヤニヤしながら執務室を出ていった。

これでまたひとり、派閥のボスを敵に回すことになった。

次に政策担当秘書の川口が所信表明演説の草稿を携えてきた。目を通して玲子は言った。

「これって、いつも長いのよね。解説が多く、綺麗ごとばかりならべて抽象的にぼかしている。聞く方も、新聞で読む方も退屈で眠くなるわ。ばっさり削って方針だけにしましょう。臨時国会が早く終わるかもしれないから」

「どういうことですか」

川口がポカンとした顔で言った。

このために、彼は昼夜を問わず霞が関を駆けずり回ったに違いない。間もなく所信表明演説の原稿を関係各所に送信しなければならない。野党もそれをみて代表質問の草稿を練る。

「従来のような所信表明演説にはならないということ」

「書き直されるおつもりですか？」

「そうよ。私が手を入れます」

「なにかあったのですか？」

「臨時国会冒頭に解散することになったの。そういうことだから、首班指名と所信表明演説と代表質問の二日で国会は閉会。引き続き、関係省庁との調整をお願いします」

しばらくして、飛島幹事長と山本官房長官が来た。

「決心したようだね」

総理執務室に入ってくるなり、飛島はグロテスクな笑顔を晒して言った。

「はい。幹事長のおっしゃる通りに決めました。執行部がもめては国民の皆様のお怒りを買うことになります」

「よくぞ、決心された。言葉も総理らしくなってきた。準備不足の野党は慌てふためくだろうな。それにしても野党の連中、法務大臣の首をとるとはしゃぎおって、返す刀で移民促進法案反対で総理を吊るし上げようと虎視眈々《たんたん》と狙っておる。ざまあみろ解散だ」

飛島の言いたい放題は止まらなかった。

「衆議院議長が解散詔書を読み上げて終わりですね」

官僚出身の山本官房長官が念を押した。

「それでけっこうです」

「さあ、これから儂らの出番だ。忙しくなるぞ」

ふたりは意気揚々と部屋をあとにした。

この噂はすぐさま永田町をかけめぐるはずだ。今日が八月四日木曜日、所信表明演説は翌週火曜日の九日からである。

土日は日本中がこの話題でざわめく。なんのための解散かと与野党が揺れ、世論が騒がしくなることは間違いなかった。

第四章　解散総選挙

1

夏はこんなに暑かったかと驚くほどの猛暑が続いていた。早朝から三十度を超えている。

玲子は迎えの総理専用車に向かった。

「鮮やかなモスグリーンのスーツですね」

運転手はにこやかに後部ドアを開けた。

「いつも、ありがとう」

座席に座ると車は滑るように発進した。

衆議院を解散するためには、閣議ですべての閣僚に解散決定閣議書に署名させ、同意を得なければならない。

だが、まだ何が起こるかわからない。事実、スキャンダルの当事者の遠藤法務大臣も出席するのだ。

万が一、署名を拒否する閣僚が現れたならば、総理権限で即刻罷免する。解散は総理の専権事項だ。だが罷免を乱発したくないというのが本音だった。

閣議応接室に入ると、玲子の両隣に序列一位の山本官房長官と二位の荒木財務大臣が座り、恒例の閣僚撮影が行われた。

隣室の閣議室に移動し、円卓テーブルにつく。

「ただ今から、閣議を始めます。冒頭、松嶋総理からお話があります」

山本官房長官の進行で始まった。

「事実上の初閣議で、このようなことを申し上げるのは、まことに恐縮ではございますが、臨時国会冒頭にての、解散を決意いたしました」

閣僚たちがざわついた。耳には入っていたはずだが、やはり動揺を隠せない様子だ。

「静粛にねがいます。解散理由につき、総理からお話があります」

山本が閣議室を静めた。

「党幹部との協議のもと、解散の運びとなりました。前内閣以来の支持率の低下は憂慮すべき事態と判断、新内閣発足でなんとか五〇％まで支持率が回復した今を、解散の好機といたします」

「それでは、総理のご意思ではないということですか」

神田厚労大臣が皮肉めいた口調で発言した。

「内閣法に明記はございませんが、解散は総理の専権事項でございます。わたくしが決断いたしました」

「解散理由を教えてください。内閣支持率の高いうちに解散します、それだけでは選挙は戦えません」

村上環境大臣が続いた。盛んに瞬きをして切羽詰まった表情である。

たしかに、解散すればその日から代議士の資格は剝奪される。議員にとっては死活問題だ。

「あえて申せば、この国のあらゆるシステムを見直し、世界に伍していく体制を再構築するためです。その意味で『リセット解散』を、キャッチフレーズとして提案させていただきます」

玲子は毅然として言った。頭の中では、先日の圭との会話が蘇っていた。

「それでは本日の決議事項に入ります」

閣僚たちが落ち着いたのを見計らって、山本官房長官が話し始めた。

「第一議案、遠藤法務大臣につきまして、本日付けにて辞任の申し出があり、これを了承いたします。後任は総理兼務といたします。賛成の方は挙手を願います」

全員が賛同すると、遠藤法務大臣は起立して深々と頭を下げた。

午前十時から始まった閣議は、約三十分で終了した。

総理執務室に戻るとしばらくして、空谷デジタル大臣が現れた。

「改めまして、この度、デジタル大臣ならびに移民促進担当大臣を拝命いたしました空谷隆夫でございます」

　空谷は深々と頭をさげた。

「嫌ですわ、先生。楽になさってください」

　ソファを促して言った。

「紀尾井町のデジタル庁に登庁しましたが、外から見るのとは大違いで、立派なものですね。五百名もの職員がいる」

「どういう印象を持たれました」

「なんでうちが民間人の年寄りの面倒をみないといけないのかという感じでしたね。特にデジタル監は戸惑っていました」

「面識のある方ですか」

「ありません。学者出身の方のようですが。まあ言い方は悪いですが、あそこはもう立派なお役所ですね。ベンチャー精神の欠片も感じられない」

「面倒な手続きばかりで、スピード感に欠けるということですか」

「おっしゃる通りです。ただ、うちの会社に入れたくなるような若手も何人かはいたので、今後の改革次第で面白くなると思います」

「お願いします。内閣は解散しますが、空谷さんは民間人ですから、影響はありません。私が総理のうちはデジタル庁をお任せします。それと、移民政策については、大臣としての私案をお出しください。お待ちしています」

空谷は頷き、執務室をあとにした。

総理の一日は朝から晩までびっしりスケジュールが詰まっている。強い信念がないとただ行事に流され、自意識が消えてしまいそうになる。

次に来たのは、副総裁と幹事長である。また爺様のふたり連れだ。

「八月十二日解散、八月二十九日公示、九月十一日日曜日の選挙で調整することになった」

飛鳥が得意そうに告げた。

「承知いたしました」

仕切りたがる爺様に、日程のことは任せてあった。

「ところで、あの山川が潔く遠藤の首をさしだすとはな。ぐじぐじの山川の奴、総理を辞めて心を入れ替えたのかね」

前総理の悪口が始まった。勘弁してほしかった。総理執務室は井戸端会議の場所ではない。

「そのようだな。それなら総理のときにやればいいものを」

どうして大谷は飛鳥に追随するのか。肚《はら》の内は違うのではないか。玲子の直感がささやく。

「ところで、解散のキャッチフレーズは何か考えてあるのか。総理の意見を聞こうじゃないか」

飛鳥が頭ごなしに言った。

「先ほどの閣議でも申し上げましたが、日本を再構築するという意味を込め、『リセット解散』といたしました。全閣僚が同意しました」

「悪くないんじゃないか。なあ大谷」

「うーん。具体的でなくてもいいような気もするがな」

具体的なほうがいいに決まっている。大谷という御仁はいったい何を考えているのだろう。

玲子に出馬を打診したのも、たんなる思い付きだったに違いない。

ふたりは言いたいだけ言って、意気揚々と出て行った。


翌土曜日は圭の誕生日だった。夕刻、帝国ホテルで待ち合わせている。

首相動静は翌日の朝刊で分刻みで掲載される。美容院はもとより歯科クリニックの名前まで、プライベートもすべて公にされる。土日とて例外ではない。

夕刻になり、土曜の執務を終えた玲子は、総理専用車で帝国ホテルに向かった。ＳＰがついている。

「ごめんなさい」

フレンチレストランの個室でスマートフォンを見ていた圭に謝る。出かける前に外国の要人から電話があり、その対応で三十分も遅れてしまった。

「ボクは時間つぶすの、ぜんぜん苦じゃないから」

圭が優しく微笑んだ。総裁選に立候補し、総理大臣になる過程で、以前の素っ気なさが消えたような気がする。

「誕生日おめでとう」

「史上初の女性総理、おめでとう」

玲子はスパークリングワイン、圭は炭酸水で乾杯をした。

「総理になれたのは圭のおかげ。ありがとう。感謝しています。休日にでかける圭を疑った自分がほんとうに恥ずかしい」

「たしかに総理の夫の不倫はしゃれにならないね」

圭がくすくす笑った。今日一日の疲れが飛んでいく。久しぶりのふたりだけの外食だった。

「ここまで、あっという間だった。代議士になれたのも運が良かっただけだけど、まさか総理になるなんて、思ってもなかった」

玲子はグラスを干し、しみじみと過去を追想した。

政治家になって十年、表も裏も一通り経験してきた。今になって思えば、初めに圭が反対した理由がわからないでもなかった。

「代議士は別にして、玲子さんが、総理になるなんて誰も考えてなかったと思う。まさにシンデレラだね」

「アラフォーのシンデレラか……」

圭の喩えに玲子は苦笑した。

「大谷や飛島の爺様は、実は玲子さんをお姫様にしてくれる魔法使いだったのかも」

「いやいや、あのふたりは意地悪な継母と姉みたいなものよ。魔法使いは圭」

「ボクは、かぼちゃの馬車かネズミが変身した白馬がいいとこじゃない」

着飾ったシンデレラも零時が過ぎると、元のみすぼらしい姿に戻る。ガラスの靴の片方を城に残して――。

総選挙に敗れれば、自分も見捨てられるに違いない。おそらく移民法案も廃案にされてしまうだろう。

「考えてみると、シンデレラって、あまりにも周りにイジワルな人が多すぎるよね」

圭が思いついたように言った。

「たしかに。ハッピーエンドだからいいようなものだけど」

「知ってる？　シンデレラって続編があってさ……」

圭とふたりきりで取り留めのない会話をするのは、久しぶりのような気がした。

八月十日午後一時。外は相変わらずうだるような暑さだったが、所信表明演説が行われる議場は涼しかった。

すでに冒頭解散を報道各社は報じており、総理の所信表明演説が従来にもまして注視された。議場は静まり返っている。

ロイヤルブルーのスーツに身を包んだ玲子はゆっくりと登壇し、マイクの前に立った。背筋がまっすぐに伸びている。

「この度、わたくしは、内閣総理大臣を拝命いたし、国家ならびに国民の皆様に全身全霊を捧げ、ご奉仕申し上げる所存でございます。国家の安全を守り、国民の皆様の所得を増やすことに注力いたし、より良い生活が送れる社会の実現に邁進いたします。このため、しがらみや慣例また様々な規制ならびに利権等を見直し、この国をリセットすることから始めさせていただきたく存じます」

その後の演説は簡明な表現に努めた。

内政では少子高齢化にともなう人口減少対策として移民の促進、外交は経済優先の寛容外交の促進、安全保障は日米韓連携強化、経済では国民総所得の向上をはかる等、数値目標を示した。

「日本人は幾多の困難を乗り越え、安全で安心できる社会、そして街中が清潔な社会を実現してまいりました。しかし幸福度という尺度で見てみますと、主要七か国で最下位、世界全体でみても上位には欧州の国々が目立ち、改善したとは申せ日本のスコアは五十四位です。幸福度の基準設定に問題がないとは申せませんが、次の言葉を紹介させていただきます。『政治と倫理の究極の目標は、人間のウェルビーイングであるべきだ』と。これは米国の経済学者ジェフリー・サックス教授の言葉です。ウェルビーイングとは、身体的・精神的・社会的にも良好な状態を意味します。幸せとは一瞬を意味するものではなく、持続的に良好でなければなりません。未曽有の少子高齢化社会が待ち受けるこの国の未来を憂えている時間は残されていないのです」

そこでひと息入れ、コップの水をひとくち口に含んだ。

「今国会冒頭におきまして、国民の皆様に信を問う決断をいたしましたことを報告させていただきます。所信表明でも申し上げましたが、『リセット解散』といたします」

玲子の微笑みは魅力を増していた。軽く頭を下げた。

与党席からの万雷の拍手を浴び、演壇から降り、閣僚席にもどった。所要時間一時間弱という簡潔な所信表明であった。

その二日後、閣議決定を経て、衆議院は解散した。

2

八月二十九日衆議院議員選挙公示日。玲子の第一声は札幌駅前通りで行われた。真夏の陽光が容赦なく降り注ぐなか、沿道はたくさんの人で埋まっていた。

街宣車の上で候補者の榊原と並ぶ。北海道は、元来野党の強い選挙区が多い。

同時刻に選対本部長の東山は沖縄に飛んでいた。

玲子と選対本部長の東山翼は、投票日までの二週間、四十七都道府県すべてを回ることに決めていた。

玲子は北海道から南下する。東山は沖縄から北上する。最後は東京で合流し、一緒に演説をする。これを遊説の目玉とした。

「北海道を日本のシリコンバレーにいたします」

じりじりと陽射しが強くなり、真っ白のスーツを着た玲子の額から汗が流れ落ちる。日本初の女性総理の第一声に、聴衆は聞き入っている。

「札幌はその中心都市であり、半導体製造の一大拠点としての役割が期待されております」

実際は拠点となるのは千歳市だったが、工場の人手不足は札幌の人間で埋めなければならないし、物流センターの役割もある。

「次に、旭川を先端テクノロジーの拠点都市にします。今後有能な外国人を招聘《しょうへい》することにより、6G技術の拠点としていく所存でございます」

酪農・農業・漁業という一次産業で成り立ってきた北海道が、将来ハイテクの産業都市に生まれ変わる。

道民にとってはにわかには信じがたい話ではあったが、この振り切った演説は、東山とふたりで練った作戦だった。投票のお願いばかりではなく、地元の未来を提示する戦法であった。

「道民の皆様、どうか今一度、明治政府が行った北海道開拓の歴史を思い出してください。これからの令和開拓の第一歩をこの榊原候補に任せてはいただけないでしょうか。皆様の熱い応援で、榊原候補を勝たせてください。榊原は信念の道産子です。やると言ったことは必ずやります」

若い新人候補である榊原の右手をつかみ高々と掲げた。榊原は汗びっしょりになって、頭を下げまくった。

「ご清聴ありがとうございました」

玲子はマイクを榊原に渡した。

同刻、沖縄では東山翼が吼《ほ》えていた。国際通りには大勢のウチナンチュが集まっていた。三十五度を超える猛暑である。みんなうちわであおいでいる。この選挙区は三十五歳の新人照屋が、ベテラン議員に挑む構図だった。

「沖縄の皆様、いつまでも基地の是非で国と県、また県民同士が対立していては、未来などありません。基地を減らすためには産業を育て、新たな雇用を生まなければなりません」

歯に衣着せぬ東山の第一声であった。防衛を論ずる前に産業を育成しなければ、不毛の地が残るだけだ。

「沖縄を、東南アジアをターゲットにしたバイオ農業王国にいたします。百五十万人の沖縄の商売相手は、人口六億七千万の東南アジアです」

東山の熱狂的なファンたちが拳をふりあげる。

「いいぞ、東山！」

「頑張れ、翼」

東山は街宣車の上から両手をあげて応える。

「さらに、観光産業を発展させるために東南アジアから通訳移民を受け入れます。沖縄をさらなる国際都市にしていこうではありませんか。金融のシンガポールに対抗して、バイオ農業の沖縄にしようではありませんか」

基地問題を入り口に新規産業の話でアピールする。これも玲子と東山で練った戦略だった。

「そうだ！　そうだ！」の合唱が起こる。

東山は、ウチナンチュの熱を感じた。

「その仕事を任せられるのは、この沖縄の若き星、照屋大介しかおりません。ウチナンチュの皆様、照屋大介を国会に送り出してやっていただきたい。切にお願い申し上げます」

東山は街宣車の上でいきなり土下座した。基地負担で迷惑をかけている謝罪の気持ちの表れだった。あわてた照屋大介が、並んで土下座する。

「上等だ！」

「でぇ〜じかっこいい！」

「ちびらーしー、大介！」

国際通りを、沖縄弁が乱舞していた。


その六日後、玲子は生まれ育った横浜市に入った。翌日の日曜日には、各党党首の討論会が東京のテレビ局で生放送される。

日焼け止めを顔中に塗ってはいたが、首筋が真っ赤に焼けている。横浜市の選挙区の候補者が勢揃いし、玲子を囲むように街宣車の壇上に整列している。

横浜駅西口のロータリーは群衆で溢れかえっていた。地元が生んだ日本初の女性総理が凱《がい》旋《せん》してきたのだ。

「横浜市の皆様、横浜は私のふるさとでございます。生まれ育った横浜を私は愛してやみません。しかし、そのふるさとは、市債残高が約三兆円と、後の世代がツケを払わなければならない状態に陥っています。カジノ誘致の是非は別にいたしましても、市の将来を危惧している次第でございます」

玲子の熱弁がはじまった。ふるさとへの愛は、ときに厳しい鞭《むち》に変貌する。

「横浜を訪れる観光客は年間三千万人弱。問題は、その八十五％の二千五百万人余りが日帰りで、宿泊客は四百万人という現実であります。つまり、横浜にお金が落ちないのであります」

「横浜が悪いんじゃないぞー。観光客に文句を言えー」

聴衆からヤジが飛ぶ。

「多くの皆様に滞在していただく魅力ある市に変貌する必要があるのではないでしょうか。そのためには、この国際都市横浜を世界に類をみないＡＩコンセプトが街中に広がる、未来冒険都市に作りかえようではありませんか。まずみなとみらい地区から始めるというのはいかがでございましょうか」

もし自分が市長ならと思うのだった。自動運転車が街中を走行し、配達用のドローンが空を飛び、無人店舗で食事と買物をする。そんな社会の先陣を横浜が切る。

「寝言を並べるんじゃないぞー」

「総理になって大層なことばかり言うなー」

「総理を辞めて、おまえが市長になれー」

ヤジがやまなかった。

だが、それも玲子は計算ずくだった。この演説は全国に伝わる。「一億総デジタル」の先にある未来を国民と共有すべきだと思っていたのだ。


同刻、東山は猛暑の大阪梅田駅前ロータリーに駐めた街宣車で熱弁をふるっていた。民自党の苦戦が伝えられる選挙区である。

「大阪市の皆さん、私の申し上げることが間違っていたら、ヤジを飛ばして叱ってやってください。この大阪市も全国の市町村と同じく少子高齢化の進行により、市の財政は将来にわたり深刻な事態に直面している次第です」

「そやー。それがどないしたんじゃー」

「何ぬかしとんねん、われ～」

思ったとおり関西弁のヤジが飛んできた。東京人の説教など聞きたくないのだ。

「二重行政とか公務員が多すぎるとか、それを解消して皆さんの暮らしは良くなりますか？それよりも将来の発展のために人口を増やしませんか！」

東山の挑発は続く。

「この、どあほ～　けったくそわるいこと、ぬかすな～」

「おら～、大志党に喧嘩売っとんのか～」

ヤジはやむことがなかった。

「この商業都市大阪をアジアの多国籍商業都市に作り替えてみてはいかがでしょうか。アジアからどんどん移民を受け入れ、日本のリトルアジアにしませんか」

東山に臆する気はない。

「おんどれ～　そんなん東京でやれや～」

大阪人はヤジが好きだ。内心では応援したい気持ちがあっても、つい東京人には抵抗してしまうのが大阪人。東山はそう割り切っていた。

紹介した候補者は、ただひたすら頭を下げ続けた。

北海道から始めた遊説は東北から北信越を経て北関東に入り、東京を残して南関東で丸六日を要した。全国比例代表選出百七十六人でいえば、七十四人のエリアを回った。まだ半分にも達していないが、それは十七人の定数がある東京都を残していたからである。横浜からお台場のマンションに戻ると、九時を過ぎていた。

「玲子総理、大変な遊説ご苦労さま」

圭が自慢の野菜たっぷりのカレーを作って待っていた。

「あー、美味しい」

玲子は満面に笑みを浮かべ、カレーの中の大きなジャガイモを頬張った。

「大活躍だ。すごいよ」

この選挙期間中、東西テレビのテレビクルーが玲子たちに密着していた。他局もそれぞれの特別番組を企画しているようだ。

日本初の女性総理の一挙手一投足は日本全国の注目の的だった。宣伝効果は大変なものであった。

「日焼けで真っ黒よね。いやだわ」

「顔に気迫が出て、いいと思うなあ」

圭と話していると疲れが取れていく。

「でも、横浜では、ヤジられて、さんざんよ。小娘が何を言ってるんだ、みたいな」

「苦労した老人たちにとっては、まぶしすぎるからね」

「口だけなら、なんとでも言えるよね」

圭は頷いた。

「ボクだって、総理の夫と見られ出して、ちょっと人間関係が変になったなあ。だけど、相場の世界だけは、そんなの関係ないから、気楽だよ」

総理になり、圭との時間がいままでより貴重に思えるようになった。この夫はいつもヒントをくれる。


翌日、午前九時に都内のテレビスタジオに六党首が顔を合わせる「日曜討論」の生放送が始まった。玲子から始まり、五党首が二分以内で思いを述べたあと、司会者がテーマ別に各党党首に質問し討論が行われる。

「今回の総選挙を『リセット解散』選挙というキャッチフレーズにさせていただきました。リセットとは、すべての仕組みを見直し、しがらみを断ち、新しい未来を構築し、前進するための出発なのです。与野党を問わず、お互いを批判するのではなく、互いが補完し合い、原点にかえり国を立て直すこと、国民の皆様が望まれていることは、そこだと思っております」

玲子は熱弁をふるった。

各党代表の二分間スピーチが終わると、司会者がテーマ別に質問を始めた。

「民自党にお願いがあります。遊説中のバラマキ政策の乱発はやめていただけないでしょうか」

野党第一党の立国党党首である島影英二がクレームをつけた。

「テーマとは若干それる内容ですが、松嶋総理、反論されるのであれば、お伺いできますでしょうか」

司会のアナウンサーが玲子に振った。

「訴えています政策は、国民の皆様から審判を受けたのちに実行したいと思っております。それ以上申し上げることはございません」

玲子はぴしゃりと質問を断った。

「北海道をシリコンバレーにするとか、沖縄をバイオ農業王国にするとか、何を根拠に言われているのか、予算の裏付けはあるのか、甚だ疑問ですが」

島影が食ってかかった。

「政策のご承認を得なければ、予算の捻出はできません。従いまして、現段階では国民の皆様の審判を待つばかりでございます」

玲子は再び跳ね返した。

「大阪を、多国籍商業都市にするとか、問題じゃないですか、この発言は！」

大志党党首の谷口徹がつづいた。

「本番組は各党の討論会でございまして、特定の党の政策に対しましての議論は、後日の番組にてお願い申し上げます。これを最後に、松嶋総理のご意見を伺います」

司会者が番組の締めに入った。

「我が党は、チマチマした政策に関心はございません。政策は未来志向で論じたいと思っている次第です」

「チマチマとは、聞き捨てならない発言ですね。後日、国会にて追及させていただきます」

谷口の顔が紅潮した。

＊

その日の夜、馴染みの銀座の鉄板焼き店でふたりの肉好きの老人が気炎を上げていた。

「前半戦で勝敗は決したな。それにしても、あのふたりの頑張りは予想外だった」

飛島の肉を頬張った顔は、まるでえびす様のようだった。

「おかげで、こちらは楽させてもらって結構な話じゃないか」

大谷がくちゃくちゃ肉を噛みながら、笑顔で応じる。

「松嶋玲子にしておいて大正解だったな。元木裕子やうちの石田は、表面は従っているふりをしても、腹の中で何を考えておるかわからん。若くて何も知らん松嶋は、素直で担ぎやすい」

大谷の口が止まらなくなった。

「まあな。だが、ふたりで意気揚々と全国遊説しておるが、さすがに風呂敷を広げすぎかもしれんな。言行不一致で第二次松嶋内閣は長くはもたんだろう。次を考えておかないとな」

飛島はしたり顔で呟いた。

「これじゃ、安心して引退もできんな」

大谷が口をへの字にして応じる。

「引退などする気もないくせに、よう言うわ」

老人たちのおしゃべりは、いつまでも尽きなかった。

3

投票日前日の夕刻、全国遊説を終えた玲子と東山を含む党幹部が、新宿駅東口駅前広場に集結した。

　街宣車の壇上には、中央の玲子の両隣に飛島と大谷、その脇をかためるように東山と山本がならんだ。千秋楽のそろい踏みである。

「都民の皆様に最後のお願いに参りました。民自党幹事長の飛島でございます。今回の選挙は日本の未来を決める重大な選挙であります。日本が浮かぶか沈むか、この選挙にかかっております。賢明な都民の皆様の期待に応える候補者をそろえたこの民自党に、皆様の一票を投じていただければ幸いでございます。よろしくお願い申し上げます」

　群衆となった都民たちの拍手は少なかった。こともあろうに次にマイクを握ったのは大谷であった。

「都民の皆様、我が民自党しかこの国を担える党はないのであります。文句ばかり並べる野党に未来はありません。今回は未来選択選挙であります。どうか民自党候補者に明日の投票で皆様の貴重な一票を託していただきたく存じます」

　これも拍手はまばらだった。

　次に選対本部長の東山がマイクを受け取った。

「わたくし東山翼は、この二週間、沖縄から東京まで、各地を遊説してまいりました。そして最終日、この新宿に立たせていただき万感の思いでございます。今回ほど手応えを感じた選挙はありません。有権者の切実な想いをこの胸に抱き、この選挙で勝利することで必ずやお返しできると確信いたしております。どうか都民の皆様、我が民自党に勝利をお与えください。決して裏切るような政治はいたしません」

「いいぞ～　東山」

「がんばれ～　翼」

うねるような東山コールが群衆から起こった。

その様子をじっと見つめていた玲子が、最後にマイクを握った。

「総理の松嶋玲子でございます。小選挙区にせよ比例代表にせよ、都民の皆様にとりまして最良と思われる候補者ならびに政党をお選びいただく。それが最良の選挙ではないでしょうか。我が民自党こそがそれに相応しい政党であり、またそれに相応しい候補者がいると確信いたしております。公約は何年かけても必ず果たしてみせます。都民の皆様、日本の未来をこの民自党に託してください。これから民自党は劇的に変わります。どうか優しく温かく、そして厳しく見守ってはいただけないでしょうか。よろしくお願い申し上げます」

割れるような拍手が渦巻いた。明らかに、全国遊説の効果がでている。

新宿駅東口駅前広場は歓声に包まれた。

「玲子、がんばれ～」

「日本を変えてくれ〜」

「頼むぞ〜　玲子さ〜ん」


翌日曜日、午後八時前、民自党本部の開票速報会場。

投票が締め切られると同時に当選者の速報が続々と届き始める。

報道各社の予測では、民自党の大勝と報じられていた。

「選挙は蓋を開けてみないとわからんからな」

この選挙の総指揮をとったのは自分だと言わんばかりに、飛島が口を開いた。

幹部控室には玲子をはじめ、党幹部が集結していた。全員が今か今かと八時の速報を待っていた。各テレビ局の特番が始まった。

「民自党、三十議席増の情勢です。続きまして、当確者の名前を読み上げます」

八時。東西テレビの男性キャスターの第一声である。

「やったな。大勝だ」

満面に笑みをうかべた大谷が玲子に手を差し出した。

「ありがとうございます」

玲子はほっとした心境で、握手した。

この結果はおおむね予測範囲内であった。

唯一、心配だったのは、愛媛選挙区である。

一か月前に候補者が心不全で他界し、選挙区では弔い合戦として妻の立候補を申請してきたが、政治経験のない六十歳が縁故で議員になるのはいかがなものかと党内には反対があった。

そこで急遽浮上した候補者がいた。圭の友人で、財務省の大臣官房にいる里田勉である。里田は愛媛出身だった。いわゆる総理肝煎り候補である。

しかし、地元は猛反対して、故人の妻を担ぎ出した。結果、保守分裂選挙になり、野党を利することになったのである。

全国の開票速報が、次々と流れる。愛媛選挙区では三人が競り合っていたが、大票田の松山市の開票が遅れていることもあり、里田は苦戦しているようだ。

「総理、そろそろ当選のバラをお願いします」

選対の職員に言われ、玲子は会場に入った。最初のバラは指示に従い、自分に付けた。開票と同時に当確が出ていた。

党本部会場から盛大な拍手が起こる。少し派手かと思ったが、思い切って濃い赤色のスーツを着てきた。

午後十時を過ぎると大勢が判明してきた。

「有権者の皆様のご支援をたまわり、議席増を果たすことができました。改めまして感謝申し上げる次第です」

特番のキャスターのインタビューに、玲子は淡々と答えた。

「勝因は何でしょうか」

スタジオから政治評論家のコメンテーターが質問する。

「リセット解散を有権者にご支持いただけたのではないかと思っています」

「遊説中にいろいろな公約をされていますが、第二次松嶋内閣の構想をお聞かせ願えませんか」

政治評論家がここぞと突っ込んできた。

「これから組閣の準備に入り検討してまいります。ただし、組閣本部もリセットいたし、従来とは違うものになるとだけ申し上げておきます」

翌朝の新聞各紙は、民自党の大勝利を伝える記事で埋め尽くされていた。玲子は圭が作ってくれたハムエッグを食べながら、各紙にじっくりと目を通す。

「玲子さん、これからが本番だよ」

圭が玲子の目を正面から見つめて言った。

玲子は無言で頷いた。

4

総選挙の翌日、さっそく組閣本部が設置され、本部長には総裁の玲子がついた。

玲子が真っ先に総裁室に呼んだのは、幹事長の飛島だった。

「いま、なんと言った。おい、舐めるんじゃないぞ。このアマ」

飛島が顔を真っ赤にして怒声を上げた。まるで反社会勢力の人間のようだと玲子は思った。

「ですから、幹事長は降りていただきます」

玲子は顔色ひとつ変えずに告げた。

「じゃあ、儂のポストはなんだ！」

「無役です」

「ふざけているのか、おい。そんなことがまかり通ると思ってるのか。どうなっても知らんぞ」

飛島が激昂したまま、威嚇してきた。

「どうされるおつもりですか」

「儂の派閥から閣僚は出さん。総引き揚げだ」

「元々、そのつもりです」

「うぬぼれるんじゃないぞ。みんなの力で勝ち取った勝利だろうが。こんな人事をしていたら、だれも協力などせんぞ」

飛島は怒り疲れてきたのか、少し興奮が治まってきた様子だ。

「いえ、これは飛島先生を外すのが目的ではありません。『リセット解散』の一番の目的である〝派閥政治の解消〟を目指した結果です」

「ふん、そんなことが可能なわけがあるか。じゃあ、百歩譲って聞こう、後任の幹事長は誰にするつもりだ」

「石田大樹さんです」

「石田は大谷派だぞ。矛盾しているじゃないか」

「石田さんは、大谷派を離脱して無派閥議員になられます」

「大谷は了承したのか、おい」

「了承されました」

「あの野郎！　裏切りやがったな」

また飛島の顔が紅潮してきた。

「裏切りではありません。諦められたのです。石田さんの熱意に降参されました」

「戦争でもあるまいし、何が降参だよ。言葉を慎め」

「失礼いたしました」

玲子は素直に謝った。

ソファに腰かけていた飛島の身体が、ぐらっと揺れた。

「先生、大丈夫ですか」

玲子はそばに行き、飛島を支えた。

「水、水をくれ」

冷蔵庫からペットボトルをとりだし、コップに水を注ぎ、飛島に飲ませた。

「うん、大丈夫だ、すまん。今日のところは帰る。また出直してくる」

飛島はおぼつかない足取りで、部屋から出ていった。

玲子は一息ついて、選挙前に圭と自宅で交わした会話を思い返していた。

*

「爺様たちを葬るチャンスが来たってことだよ」

「どういう意味？　法務大臣の件もあるし、解散なんかして逃げたって思われたらお終いよ」

一両日中に返事をすると啖呵を切ったものの、玲子はどうしても解散に大義があるとは思えなかった。

「でも、冒頭解散を言い出したのは爺様たちだろ。それを逆手にとるんだよ」

圭は大きな息を吐いて続けた。

「昔、民自党をぶっ壊すとか威勢のいいことを言って総理になった人がいたじゃない。そんな感じで、たとえばいまの閉塞した社会をリセットするっていうフレーズで選挙に臨んで、腐った政界もついでにリセットしちゃえば」

「政界をリセットって、どうやって？」

「派閥解消だよ」

玲子はやっと圭の言っていることが理解できた。リセットをキャッチフレーズに総選挙を戦う。そして選挙後に脱派閥内閣・脱派閥の党執行部を作り、本当の意味でのリセットを実現するのだ。

玲子は衆議院を解散するとすぐに選対本部長の東山を呼び、リセット解散の真の目的を話した。長老支配に終止符を打つこと。そのために、総選挙で大勝し、人事権を取り戻す。

もともと無派閥の東山は、二つ返事で了承した。

だが、自分と東山だけでは、経験が足りなさすぎる。

そこで、野心家の石田に白羽の矢を立てた。石田に大谷派からの離脱を条件に幹事長のポストを約束し、党のまとめ役を担ってもらうのだ。石田は日々大谷から疎んじられていると感じていたようで、派閥を離脱するのにためらいを見せなかった。

＊

飛島が帰った一時間後、玲子はさっそく石田と東山を呼び、組閣の具体的な構想を練り始めた。

脱派閥内閣の目玉人事は、愛媛選挙区の里田勉である。保守分裂選挙を戦い、後継候補の妻との得票差五百票という薄氷の当選だった。その里田を財務大臣に抜擢する。当選したばかりの新人議員が大臣。それも霞が関でもっとも優秀な官僚集団である財務省。つい最近まで、そこの課長だった男が、多くの先輩たちのトップに立つわけだ。

「これはひと騒動起きるな。下手したら松嶋内閣の命運を分けることにもなりかねない」

恐れることを知らない石田が、さすがにクレームをつけた。

「総理は新人議員と心中するつもり？　目玉人事が自殺人事になるかも」

若くして大臣に抜擢され、党内でいじられまくった過去を持つ東山が不吉なことを口にする。

「財政再建を誰かがやらなければ、この国の将来はないのよ。そのためなら、松嶋内閣が吹っ飛んでもいいじゃない。この際、腹をくってやってみましょうよ。責任は私が取ります」

玲子の信念は揺るがなかった。

この噂は、瞬く間に永田町および霞が関に広まった。

「おい総理、いい加減にしろよ。新人議員を財務大臣にするんだってなあ。呆れて小便もでねえよ」

翌日、大谷が珍しく激しい口調で、総理大臣室に怒鳴り込んできた。

「穏便に手打ちしようと思っておったのに、俺の古巣にケチ付けるつもりか。それと、俺の処遇は結局どうするつもりだ」

「お座りになってください」

玲子は大谷を諫《いさ》めた。

「こともあろうに今回の選挙の最大の功労者である飛島を無役にするってか。冗談だろ」

口をへの字にして侮蔑的な笑みをもらした。

「お望みのポストがあったらおっしゃってください」

飛島にはふれずに返した。

「権力者って、怖えなあ。小娘だった女が父親にプレゼントか。おい、どんなプレゼントか中身を教えろ」

「なんでもお好きな物を選んでください」

「なんだ、その言いぐさは。政治家はなあ、インテリヤクザなんだよ。派閥つくってボス争いして利権を握ろうとする。そこに純真無垢な少女が入り込み、ラッキーを引き当てた。まるで赤ずきんちゃんじゃねえか。おい、オオカミの本性を知ってるか。オオカミはな、縄張り争いに命を張ってるんだよ。童話の話じゃねえぞ」

「何がおっしゃりたいのですか。説教するためにお越しになったのですか。早くポストを言ってください」

「じゃあ、俺をもう一度財務大臣にしろ。里田なら、政務官で使ってやるよ」

「お断りします。日本のためになりません」

「なんだと。もう一回言ってみろ。日本のためにならねえだと、ふざけんな！　財務省の連中に訊け。俺がいいと言うに決まってる」

「先生、それは表向きで、彼らは自分たちに都合のいい大臣なら、だれでもかまわないのです」

「俺が都合のいい大臣だってか」

「彼らが政治家をバカにしてるの、わかりませんか」

「減らず口をたたくんじゃねえ。この口ばっかりのゲス女。キャスターあがりに、ろくな奴はいねえ」

「それって、差別発言ですよ。気を付けてください」

玲子は皮肉な笑みをたたえて言った。

「総理セクハラを受けるって、週刊誌にでも載るか」

「申し訳ありませんが、こんなバカな話につきあってる時間はありません。次の予定がありますので」

「どんなポストでもやると言ったことを忘れるな」

大谷は捨て台詞を吐き執務室からでていった。

次に総理大臣室に来たのは山川前総理だった。

「総選挙圧勝おめでとう。民自党のために奮闘してくれてありがとう」

山川がにこやかに切り出した。大谷とのこの差はなんだ。

「愛媛選挙区ではうちのエースだった小村の奥方にえらい新人候補をぶつけてくれたね」

さっそく化けの皮が剝がれた。いきなり皮肉である。

「有権者が選んだ結果ですから」

僅差で勝利したのは里田の奮闘ゆえだ。

「将来の総理候補でもあった小村を突然失ったこの哀しみが君にはわかるまい。彼を長年支えた奥方に報いてやりたかったが、おかげで楽勝のはずの選挙が台無しだよ」

「選挙は有権者のものですから」

玲子には返す言葉がそれしかなかった。

「総理になって、君は変わったね。とても残念だよ。派閥を目の敵《かたき》にしているようだが、そのうちにわかるよ。敵の凄さがね」

昔は説教などする男ではなかった。変わったのはあなたのほうだと言いたかったが、玲子は口をつぐんだ。

「ご用件をおっしゃってください」

「すべての派閥が閣僚を出さないことで合意した。それを伝えたくて来たんだ」

「誰が音頭をとられたのでしょうか」

「わかってるくせに、とぼけることまで覚えたようだね」

玲子には、山川の乾いた笑顔が悪魔のように見えた。

5

総理官邸からお台場のマンションに帰宅したのは午後八時。

午後九時になり、石田と東山が連れ立ってやってきた。三人で人事について、最後の詰めを行うことになっていた。

「レインボーブリッジの夜景って、中々なもんだ」

リビングの窓から見える光り輝く橋に東山は感心していた。

ふたりがソファに腰掛けると、玲子はペットボトルのお茶を出した。

「石橋さんが防衛大臣を受けられました」

石田が切り出した。防衛オタクの返り咲きだ。

「元木さんは外務大臣を希望していたようですが、結局閣外ということでいいですね」

東山が玲子に尋ねた。

「元木さんは派閥の人間ですので」

玲子は冷淡に切り捨てた。

「では残っているのは、ふたりの爺様の処遇だけか」東山が眉間に皺を寄せて言った。「まずは、飛島さんか。なんらかのポストを提示しないと、怒りは治まらないだろうな」

「でも、党務につかれたら幹事長の俺はいびられっぱなしだ」

石田が苦虫を嚙み潰したような顔で言った。

遊説中のオンライン会議で飛島と大谷を干すことは三人の合意事項となっていた。民自党は新執行部で生まれ変わる。

東山がはっとした表情で言った。

「来年の春の叙勲申請でどうですか？　飛島さんには勲章で花道を飾ってもらいましょう。あの爺さん、死ぬまで議員やるだろうから、八千代会の会長で満足してもらおう」

「なるほど。総理の意見は」

石田が玲子を窺《うかが》った。

「そうね。それで納得してもらいましょう」

「次は大谷の親分か」

石田が溜息をついて言った。

「子分だった俺としては忍びないが、党のために、税制調査会会長で最後の汗を流してもらうのはどうだろう。衆議院議長という線もあるが、いずれにしろ本人に選んでもらうのがベストだ」

「さすが石田さん。いいですね」

「私も賛成します」

東山と玲子が同意した。

そのとき玲子の携帯電話が鳴った。画面にはデジタル大臣の空谷の名前が表示されている。

「総理に至急、伝えたいことがあります。よろしいですか」

空谷らしくない、切羽詰まった声だ。

「今、政調会長の島田との会食を終えたんですが、彼が言うには組閣後の臨時国会冒頭で、野党が内閣不信任決議案を出すつもりだと」

空谷は一気に捲《まく》し立てた。

「いま、翼君と石田さんと一緒なんです。でも急に、内閣不信任決議案なんてどうしたのかしら。大義がなければ茶番じゃない」

玲子は首を傾げ、会話をスピーカーに切り替えた。

「本題はここからです。裏に、民自党の議員がいるらしい」

山川の捨て台詞がよみがえる。派閥を敵に回すとひどい目にあうというのは、これだったのか。

玲子が通話を切ると、東山が思案顔で呟いた。

「うーん。今の話が本当だとすると、まずいかもしれないな。野党だけなら、不信任決議案は提出できても間違いなく否決されるだろうが、うちから造反者が出たら話は別だ。もし可決されれば、解散は無理だから総辞職か。しかし、組閣の最中になんということだ」

「野党は、移民反対を決議案の大義にするつもりかな」

石田が神妙な顔で言った。

「大義はともかく、問題は黒幕です。誰であれ、もし与党議員が不信任決議案に賛成すれば、否決にしろ可決にしろ、離党は免れない。誰かが党を割る気なのか？」

東山が意味深なことを口にした。

そのとき、「ただいま」と言って圭が帰宅した。

「総裁選の立役者のご帰宅です」

同年代の気安さなのか、初対面の圭を東山が茶化した。

互いに自己紹介をしたが、石田の笑顔は少しぎこちなかった。

「大事なお話し中のようですので、僕は席を外しますね」

そう言うなり圭は自室にこもった。

午後十一時を過ぎていた。内閣不信任決議案の噂については、明日それぞれが確認に動くこととして、お開きになった。

シャワーを浴びた圭がタオルで頭をふきながらリビングのソファに座った。

「今度は、内閣不信任決議案ときたか」

玲子が経緯を話すと、圭は腕組みをして言った。

「黒幕は誰だと思う？　やっぱり飛島さんかしら」

「あの爺さん、総裁選の決選投票のために、金を相当ばら撒いたようだし、周りに新内閣のポストの約束もしたと思う。玲子さんのことを、相当恨んでるだろうね」

「大谷さんも里田さんの件で、相当怒ってたわ」

「わかった。ボクが飛島さんに会って探りを入れてみるよ」

「私も、大谷さんと話してみる」

6

翌日、総理執務室に大谷がやってきた。

「昨日の今日でなんだ。役職が用意できたか」

「その前に、お聞きしたいことがあります」

「なんだ」

「内閣不信任案の件、ご存じですか？」

「飛島から聞いたのか」

「いえ、飛島先生とはまだお話ししておりません」

いきなり飛島の名前が出た。何か知っているのか。

「キナ臭い噂が永田町をかけめぐっておるな。まあ、新人議員をいきなり財務大臣に抜擢するだけでも、不信任案の提出理由になるだろう。国家の根幹を揺るがす事態だからな」

「出どころをご存じですか」

「さあな」

「お心当たりはないと」

「言っておくが俺じゃないぞ。だが、派閥にポストが割り当てられないとすると、賛成する議員もいるだろうなあ」

「そんな」

「政治を綺麗ごとでやろうとするからだ。反撥は必至、わかっていた話じゃないか。政治は理屈じゃないんだよ」

玲子は何か言い返そうとしたが、言葉が出てこなかった。

「なんだ、そんな話のために、わざわざ俺を呼んだのか。ポストの話はどうなった」

「党の税制調査会長をお願いできませんでしょうか」

「この年で、今更、あんな面倒な役職できるわけねえだろうが」

「国家のためです。我が国の税制のあり方を担う重要な仕事です」

「肩書だけの名誉職なら引き受けてもいいぞ。実務を伴う仕事は勘弁してくれ」

財務大臣をやらせろと言っていた御仁が、実務は嫌だとは矛盾してないか。

「それでは、衆議院議長はいかがですか」

「居眠りもできない議長なんて勘弁してくれ」

玲子は溜息が出てきた。老害も甚だしい。

「副総理はどうだ」

「お断りします」

玲子は冷徹に言った。

「口ばっかりのアマ総理よ、もうアンタには今日限り協力はせんぞ」

啖呵を切って大谷は部屋から出ていった。

＊

「なんか急用でもあるのか」

圭が飛島に電話をすると、ぶっきらぼうな声が聞こえてきた。「利益が出そうな投資案件があるのですが、お目にかかれますか」

「株か。今はそれどころじゃない。忙しい」

いつもなら、いくら儲かるんだとすぐ聞いてくるのに、普段とは明らかに様子が違う。

「お目にかかれないのであれば、この話はなかったことにしてください。他の顧客に渡します」

「おい、待て。女房の玲子だけじゃなく旦那のお前まで、この俺を邪険にするつもりか」

「いえ、そんなつもりは」

「忙しいとは言ったが、会わないとは言ってないぞ」

結局、その日の夕刻に圭が議員会館に赴くことになった。銀座の鉄板焼き店でなくて助かった。飛島と会食をするのはさすがに気が重い。彼も同じ気持ちだったのかもしれない。

会社からタクシーで永田町の第一議員会館に行った。事務所のドアをノックすると、秘書の桑原が応対に出た。

「ご苦労さまです」

桑原の態度が少しぎこちない。総裁選の票読みで協力したときの愛想が嘘のようだ。

気難しい顔をしてデスクの電話で話をしていた飛島が、受話器を置きソファの圭と対面した。

「金欠でなあ。姫の総裁選に金を使いすぎたわ」

いきなり嫌味から始まった。

「どんな儲け話だ、早く言え」

「金です。金の先物で勝負しませんか」

「なにか値動きの情報でもつかんだか」

飛島の目が徐々にぎらついてきた。

「はい。ただ、その前に、私の妻のことで伺いたいことがあります」

「なんだ。自ら退陣するとでも言い出したか」

飛島が茶化すように言った。

「内閣不信任決議案の件です」

圭がずばり、突っ込んだ。

「ふん、その件か。くだらん」

飛島は興味を失ったように吐き捨てた。動揺する気配は微塵も見られない。

「先生も賛成されるのでしょうか」

「バカを言うな！　儂は民自党議員だぞ。野党の挑発になど乗らん」

圭は正面から、飛島の瞳を見据えた。嘘を言っているようにはみえない。

「もうその話はやめだ。不愉快極まりない。それよりも、金儲けの話の続きを言え」

飛島がじれたように言った。

「中東で火種がくすぶってます。二、三千万はいけるかと」

「よし。買え。もう帰っていいぞ」

飛島は立ち上がってデスクに戻ると、さっそく電話を手に取った。

これ以上の長居は爺様の機嫌をそこねそうだ。圭は「それでは失礼します」と言ってソファから腰を上げ、扉に向かった。

「山川だ」

飛島の声が背中に飛んできた。圭が驚いて振り向くと、飛島が無表情で続けた。

「奴が大志党の谷口に接触しておる。姑息な男だ」

やはりそうか。だが山川派の衆議院議員はたしか三十五名くらいしかいないはずだ。野党の票すべてと足しても、とても可決には届かない。あの狡猾な男がそんな無謀なリスクを冒すだろうか。

「ありがとうございます」

圭は一言残して、そのまま部屋を退出した。

7

永田町に不穏な空気が漂う中、第二次松嶋内閣は発足した。恒例の大臣読み上げは、官房長官に就任した東山翼が行った。

マスコミは連日、第二次松嶋内閣の組閣について競うように報じた。度肝を抜く新人議員里田勉の財務大臣抜擢に始まり、新聞紙面から派閥所属の大臣が消えたのだ。憲政史上稀にみる革新的内閣の誕生である。

さっそく臨時国会が開かれ、総理の所信表明演説を受けて各党の代表質問が始まった。

初日トップは午後一時から立国党党首の島影英二が登壇した。

「第二次松嶋内閣は出来もしない政策を打ち上げるだけで、予算の裏付けもなく、『法螺《ほら》吹き内閣』と断じざるをえません。また、予算を司る財務大臣に当選一回の新人議員を登用するなど、傍若無人の人事を行う、『とんでも内閣』であります。我が立国党は総理の退陣を要求する次第です」

演説当初から批判が炸裂した。

紛糾した臨時国会初日が終わり、玲子がへとへとになって総理執務室に戻ると、秘書が元木裕子の来訪を告げた。秘書が言うには、退任の挨拶とのことだった。

経産大臣を外れ、希望していた外務大臣も認められず閣外に去った女がなぜわざわざ。玲子は不思議に思いながらも年長の裕子を立てるつもりで口を開いた。

「前回の大臣は、ご苦労様でした。今回は脱派閥内閣とさせていただいたので、ご希望に添えず申し訳ありませんでした」

元木裕子は、執務室を見回しながら、玲子と目線を合わせずにソファに腰掛けた。

「国会初日から、野党のヤジがすごいわね。それにしても、派閥の人間を内閣から完全に排除するとは、さすがの私も思わなかったわ。最初から決めてたの?」

「ええ」

「ふうん。まあせいぜい頑張って。私は無役ですから、なんのお役にも立てませんけど」

パンプスを履いた脚を組みかえながら、裕子は気のないそぶりでこう続けた。

「そういえば、総理。明日、大志党の谷口さんが内閣不信任決議案を出すのはもちろん知ってるわよね」

玲子は昨晩、飛島に会った圭から「不信任決議案には、山川さんが絡んでいる」と告げられていた。

「何かご存じなんですか？　山川派が賛成するって話も……」

裕子はソファから腰を上げて言った。

「まあ楽しみにしてなさいよ。第二次松嶋内閣の総理大臣は、史上最も短命な総理大臣になるかもね」

そう告げると、裕子はパンプスをカツカツ鳴らしながら、颯爽《さっそう》と執務室から出て行った。

その頃、圭は里田勉と新橋の焼き鳥屋の個室にいた。財務大臣就任を友人として祝うためだ。

「省内の反応はどうだ？」

コーラを片手に鳥刺しをつまみながら、圭が訊いた。

「面白くない奴もいるだろうが、期待する奴もいる。だが、本音はわからん。もともと評判など気にしてない」

里田のジョッキのビールがみるみる減っていく。

「期待してる。玲子さんを支えてやってくれ」

「総理には感謝してる。新人をいきなり大臣に抜擢するなんて、並の政治家じゃできない」

「そうかな」

圭は、里田が玲子を褒めてくれたことが素直に嬉しかった。

「この三十年の日本の停滞に終止符を打たないと、政治家として国民に申し訳ないだろう。財務省も予算省庁から脱し、各省庁の要となり、日本の発展に寄与しないとな」

里田に気後れする様子はない。やっぱりこの男は政治家向きだ。

「ところで里田。例の不信任決議案の話、財務省の連中はなんて言ってる」

圭はなんの気なしに聞いた。

「明智光秀じゃないが、もし可決されたら、俺の財務大臣も三日天下で終わるな」

里田が豪快に笑って続けた。

「連中はどうせ否決されると楽観視してるが、俺にはちょっと気になることがあってな」

「なんだ」

「議員会館で元木裕子が山川元総理の部屋に入っていくのを、偶然見た」

圭は、頭をハンマーで殴られたような気がした。里田の表情が急に暗くなった。

「元木のグループが賛成に回ると、第二次松嶋内閣は本当に三日天下で総辞職になる」

8

臨時国会二日目。大志党党首の谷口徹が代表質問に登壇した。

「移民政策を大々的に推進する松嶋内閣は『売国奴内閣』であり、大志党はこれを阻止するため、ここに内閣不信任決議案を提出することにいたしました」

議場は歓声とおーという驚きに支配された。

玲子は閣僚席から一点を見つめていた。大志党と立国党合わせて内閣不信任決議案の提出に必要な発議者以外五十名以上の賛同を得て提出されると聞いていた。

玲子は昨晩の圭との会話を思い返していた。圭が元木裕子の名前を出したとき、玲子の中ですべてがつながった。

もし、不信任決議案に民自党の山川派、および元木グループが造反して賛成すれば——。

「史上最も短命の総理大臣になるかもね」。昨晩、元木裕子が捨て台詞のように残していった言葉が、いつまでも頭から離れなかった。

午後の最終質問者は日本平和党の今井律子党首であった。所属議員三名の弱小政党の党首である。持ち時間は十五分。

「今国会において提出されました、内閣不信任決議案について質問します。果たして国民は、これ以上国会が止まることを望んでいるのでしょうか。総理はいかがお考えですか」

今井の質問に玲子は驚きを隠せなかった。ということは、日本平和党は賛同者には入っていないのだろうか。

「おっしゃる通り、少子化対策を含め、喫緊の課題は山積みです。ただ議院内閣制ですから、本国会において不信任案が可決されれば、解散か総辞職とならざるを得ません」

玲子は動揺しながらも、なんとか答弁した。

「このあいだ解散総選挙をしたばかりでまた解散なんて、国民を愚弄するものであり、税金の無駄遣いではありませんか。また、総理は民自党第一派閥創新会の裏金疑惑についてご存じですか」

今井律子の衝撃的発言が飛び出した。

「存じ上げません」

玲子にも寝耳に水の話だった。

「我が党が入手した情報ですが、同派閥主催の政治資金パーティーにおいて、パーティーの売り上げの一部が議員にキックバックされているようで、検察も動き始めています。これは政治資金規正法違反にあたりませんか。つきましては、無派閥議員の総理のお考えをお聞かせ願います」

なぜ今井党首がそんなことを知っているのか。玲子は動揺を隠しきれなかったが、無難な答弁をするしか手立てがない。

「今井議員ご指摘の政治資金につきましては、これから党内で調査および政治資金収支報告書を精査いたし、もし事実ということが判明したら、しかるべき措置を講じてまいります」

「時間がないので最後の質問です。松嶋内閣全閣僚を無派閥議員で組閣されましたが、それは脱派閥宣言と解釈してもよろしいでしょうか」

玲子の回答を議場は固唾《かたず》を呑んで待った。

「派閥がすべて良くないと申し上げるつもりはございません。しかし国会議員は国民の負託に応えなければならない存在なのです。国民の税金から扶持をいただく者が徒党を組む必要はございません。従いまして、閣僚におきましては派閥を離れ、一政治家としての良識を求めた次第でございます」

議員たちは呆然として総理をながめていた。

今井律子は微笑みをうかべ、悠然と壇上から降りた。

「内閣不信任決議案につきまして、その理由ならびに発議者と賛成者の連署が確認できました。従いまして、明日の衆院本会議にて採決いたします」

衆議院議長が良く通る声で告げ、散会した。

玲子はコメントを取ろうと駆け寄ってくる記者たちをすり抜け、総理執務室に直行すると、政策担当秘書の川口が待ち構えていた。

「今井党首の発言には驚きましたね。第一派閥創新会の名前を出していましたが、どこから情報を得たんでしょう」

「わからない。さっそく党内で調査を始めましょう……」

「それはそうと不信任決議案の件ですが、先生がおっしゃっていた元木グループがもし造反すれば、残念ながら可決される公算が高いです」

川口が本音を吐いた。方程式でも解くように何度も試算したに違いない。今から三十年前に党内から四十名ほどの造反者が出て可決され、解散総選挙となり民自党が下野した過去がある。

内閣法によれば、内閣が総辞職した後、総理がすべての大臣を兼務するという、憲政史上稀にみる「総理一人内閣」の誕生も、理論的には可能だ。

だが、それは長期では現実にはありえないし、間違いなく国民の反撥をまねく。玲子は八方塞がりになったような気分だった。

その夜遅く、マンションに帰ると、圭はすでに休んでいた。

疲れ切った玲子は、なんとかシャワーを浴びて、圭の隣のベッドに滑り込んだ。

眠りについた玲子の目の前に、なぜか飛鳥が現れた。口を尖らせ罵っている。次に大谷。口だけのアマ、痛い目にあうぞと口をへの字にして脅してくる。退陣して私に譲りなさいと、元木裕子が嘲笑う。初の女性総理ご苦労さんと山川がニタニタ顔で皮肉る……。

夢の中で玲子は何度もそれらの人物を押しやったが、亡霊のようにぞろぞろとついてくる。

そこで、はっと起きた。隣のベッドでは圭が背を向けて寝ていた。

9

翌日の午後一時、衆院本会議が行われた。

「松嶋内閣に対する不信任決議案につきまして、これから審議いたします」

衆議院議長が告げた。

「提出者の趣旨弁明を許します。谷口徹君」

登壇した谷口は三十分にわたり、玲子の所信表明演説と遊説中の演説を例に挙げ、国益を害する内閣であることを微に入り細を穿《うが》って批判した。

「大志党は松嶋総理の退陣と内閣の総辞職を願う次第であります」

大志党員と立国党員たちが拍手する。

「提出者への反論を許します。島田壮一君」

無派閥議員となった政調会長の島田が登壇した。

「スタートしたばかりで、まだ何もしていない内閣に対し、不信任決議案を出すとは言語道断であります。国民のためにこれから額に汗して働かれる総理を誹謗《ひぼう》中傷するとは良識を疑う暴挙としか言いようがありません」

島田も三十分にわたり、必死に反論した。その他野党幹部の不信任賛成理由が述べられたあと、議長が告げた。

「これにて審議を終結し、採決いたします。この採決は記名投票をもって行います。本決議案に賛成の諸君は白票、反対の諸君は青票を持参願います。それでは、指名点呼を命じます。投票の結果については事務総長から報告させます」

衆議院議員四百六十五名の点呼が始まった。

玲子の迷いは消えていた。なるようにしかならない。すべてを受け入れる覚悟を決めた。壇上の投票台にいき、白票を取る者、青票を取る者が続々と列をなす。

投票があっという間に過ぎていく。運命の一瞬を迎えた。

「これにて投票を締め切ります。只今から開票作業に入ります」

事務総長の声が無情に聞こえる。

投票結果を聞くのはこれで三度目だ。総裁選、総選挙。前二回は心躍るものがあった。

今回は今までにない絶望感と情けなさでいっぱいだった。だが、これではいけないと玲子は自分を励ました。

「投票結果を発表いたします」

玲子は祈るような気持ちで、目を閉じた。

「有効投票数四百六十四。白票数二百十五、青票数二百四十九。これにより、内閣不信任決議案は否決されました」

民自党議員が立ち上がった。拍手が鳴り響く。

ふと山川前総理の方を見ると、茫然自失の表情で座り込んでいた。

「これにて、本会議を終わります」

議長が告げた。

元木裕子が足早に議場を去っていく。

官房長官の東山が飛んできて、玲子に力強い握手をした。

「良かった。危なかったね」

怒りで額に青筋が立っている。

「おめでとう」

幹事長の石田は穏やかな顔をしている。

即日、事務総長が結果を記名で公表した。掲示には山川一郎を筆頭に山川派三十五名が並んでいた。元木裕子ならびに最大派閥の議員の名は、一名もなかった。

「党紀委員会に諮り、山川派の三十五名は除名処分にします」

総理執務室で、石田幹事長が憮然として言った。

「三十五名全員か」東山官房長官が天を仰ぐ。

「まさに赤穂浪士の討ち入りみたいだな。もっとも首は無事だったけど」

*

議員会館にある山川事務所では、山川派の幹部連中が沈痛な面持ちでテーブルを囲んでいた。山川は部屋の奥のデスクで沈鬱な表情を浮かべている。

「なんで元木は裏切ったんだ！」

山川派幹部の近藤がテーブルを叩きながらくやしがる。

「今朝の朝刊一面に、でかでかと第一派閥の裏金疑惑が出たせいでしょうね」

もう一人の古参議員が苦々しげに呟いた。

「元木のやつ、新しい連立政権の総理の座を約束するなら協力すると言ってたのに、最後の最後で日和《ひよ》りやがって」

近藤は諦めたような表情で、山川の方を見た。

デスクに座っている山川は一点をじっとみつめていた。

また負けた。一か八か、乾坤一擲《けんこんいってき》の賭けに敗れたのだ。

「とにかく、離党するしかないだろう」

山川が重い口を開いた。

「党執行部から除名処分の通達が届きました」

山川の秘書が報告した。

はは、総理まで上り詰めた自分の政治家人生の終わり方がこれか。

「山川さん、何笑ってるんですか」

近藤の責めるような声で我に返り、山川は慌てて口を閉じた。

＊

「おめでとう、総理」

「やめてよ、圭。いつも通り名前で呼んで」

マンションに帰った玲子は、待ち構えていた圭とシャンパンで乾杯した。夕食はデリバリーで頼んだピッツァ・マルゲリータ。

下戸の圭が初めてシャンパンを口にした。

「それにしても、危なかったね。まさに三十年前の再現みたいだった」

「裏金疑惑の矢面に立たされた元木裕子が、急に否決に回ったのがすべてね。しかし今井さんにあれをリークしたのは誰なのかしら」

それが事前にわかっていたら、冷や汗をかかずに済んだかもしれないのに。

「あんな党のトップシークレットを知っているの、飛島の爺さんくらいしかいないでしょ」

圭がとぼけた顔で答える。

「でも、新聞の記事を見ると、最初は匿名のメールが日本平和党に届いたみたいよ。領収書の画像付きで、やけに詳細だったらしいけど。飛島さん、そんな回りくどいことするかしら」

「たしかにあの爺さん、いまだにガラケー使ってるしね」

圭の余裕たっぷりな様子がどうもおかしい。さては――。

「まあ、それはいいじゃない。結果オーライってことでさ。それにもうこれで最大派閥の創新会も、元木裕子も終わりだね。飛島の爺さんのほくそ笑む顔が目に浮かぶようだよ」

言われてみれば、これも飛島の描いた絵図の一つなのかと思えてきた。

「それよりも総理。金融の世界の話をしてもいいかな。今、老後の資金を心配する若い世代が、少額投資に向かい始めている。それも投資先は、海外の投資信託。長く停滞していた日本の金融資産が、投資に目覚めて、離陸し始めたんだ。これを政治が後押ししてほしい」

珍しく圭が真剣な顔で長広舌を振るった。

「経済界もそう。どんどんスタートアップ企業をみつけて育ててやらないと、この国の将来はない。資金援助はもちろん、優遇税制とか、あらゆる手段を総動員してください、総理。そうだ、スタートアップ企業促進担当大臣を創設したらいいよ」

圭のアドバイスが止まらない。

「わかったわかった。だから、総理はやめてってば」

玲子は苦笑しながら答えた。シャンパンをひと口飲んだだけで、圭がこんなに饒舌になるなんて。

「ボクは生涯一トレーダーを通す。器が小さいからね。それよりも、玲子さんと日本の明日に乾杯しよう」

圭は上機嫌に、シャンパンのグラスを掲げた。

玲子がグラスを合わせると、カチンという音がした。

西川三郎（にしかわ・さぶろう）
1948年愛媛県生まれ。
慶應義塾大学法学部卒業後、大手生命保険会社に入社。
1999年ジャパニアス株式会社を創業。
2022年9月東証グロースに上場。
著書に『罠』『欲』『瘤』などがある。

本書は書き下ろしです。

永田町のシンデレラ

2024年3月25日　第1刷発行
2024年4月5日　第2刷発行

著者……………………西川三郎
発行人………………見城 徹
編集人………………森下康樹
編集者………………高部真人

発行所………………株式会社 幻冬舎
〒151-0051
東京都渋谷区千駄ヶ谷4-9-7
電話　03(5411)6211(編集)
　　　03(5411)6222(営業)
公式HP……………https://www.gentosha.co.jp/

印刷・製本所……近代美術株式会社

検印廃止

ISBN978-4-344-04249-0 C0093